编译者简介

姜文清，1982年云南大学中文系本科毕业，1989年云南大学文艺学研究生毕业，1997年南开大学日本文化史博士毕业。云南大学文学院教授。1996年和1998年，应邀到日本早稻田大学和国际交流基金大阪国际中心访学、研修。发表论文有《佛教影响与中日审美意识》《儒家影响与日本审美意识》《“物哀”论考》《“物哀”与“物感”》《“寂”与“兴趣”》《“幽玄”与“神韵”》等。著作有《东方古典美——中日传统审美意识比较》，已出版编译作品有《日本俳句长编》《日本古代和歌400首——从上古到平安时代前的日本和歌》《日本中古和歌500首——平安时代的日本和歌》。

日本和歌：《古今和歌集》《后撰和歌集》《拾遗和歌集》《后拾遗和歌集》《金叶和歌集·词花和歌集》《千载和歌集》《新古今和歌集》（见于“新日本古典文学大系”，岩波书店版），并参照其他，选编、译入《日本中古和歌500首——平安时代的日本和歌》及本书《日本中近世和歌500首——从镰仓到江户时代的日本和歌》中。

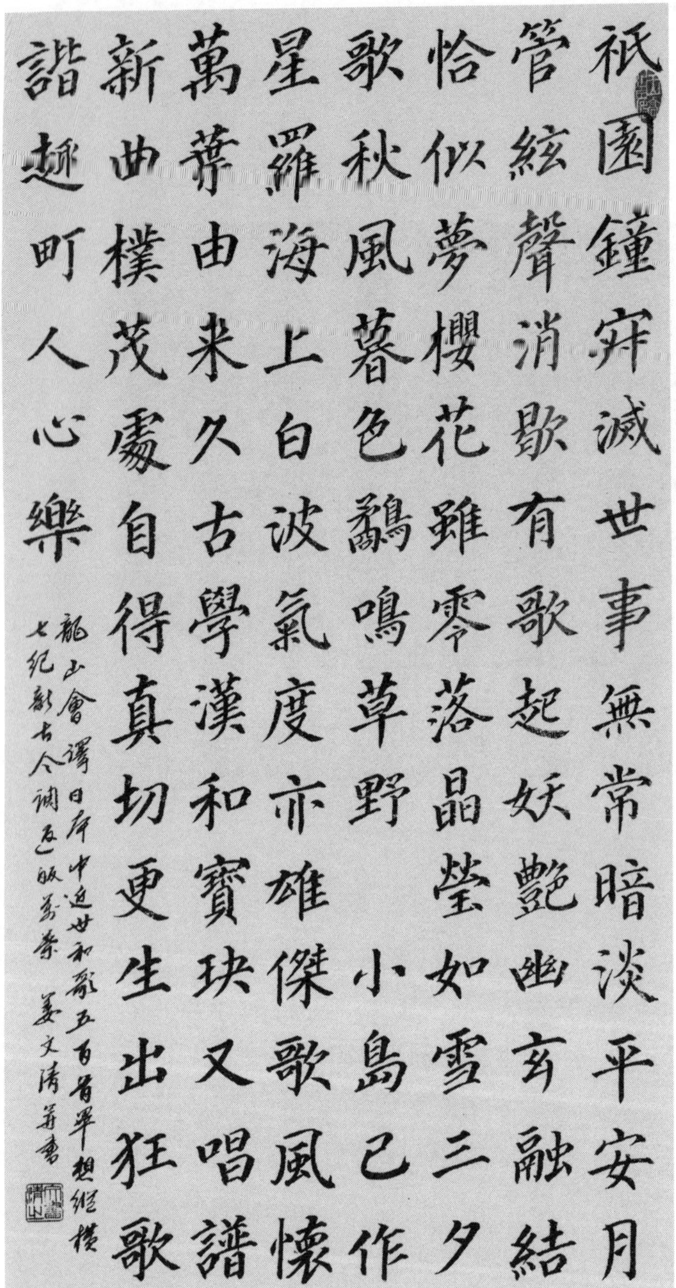

自撰并书《龙山会》词一首。见本书后记。

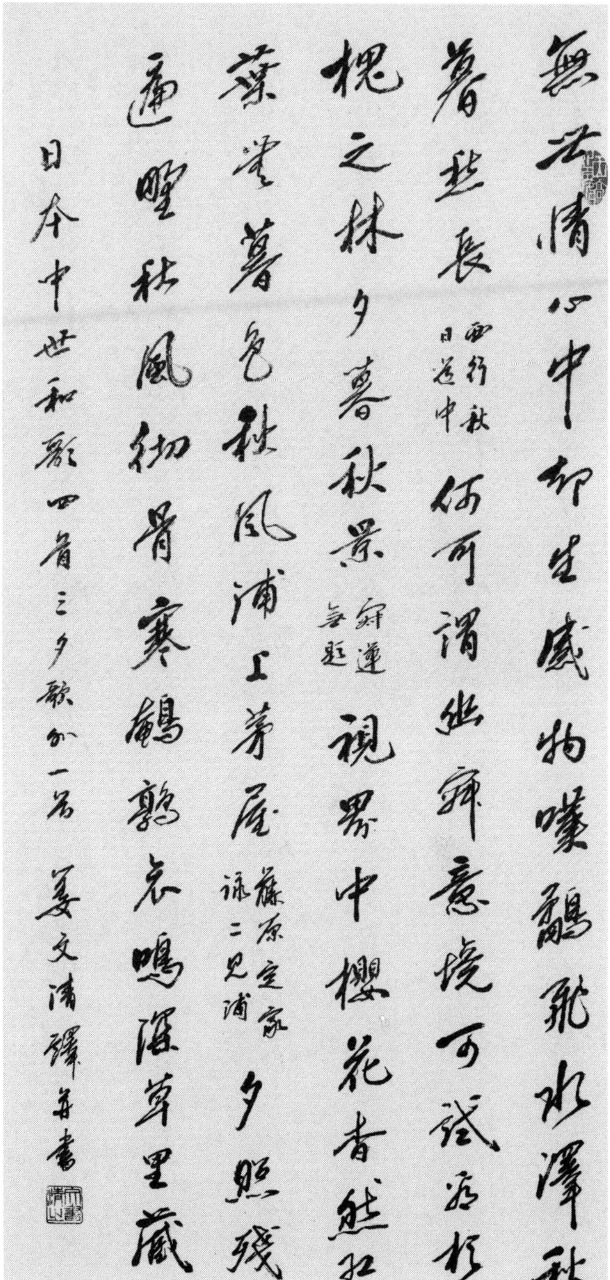

书和歌四首（三夕歌外一首），西行、寂莲、藤原定家、藤原俊成之歌作。（见本书：歌 4、歌 40、歌 110、歌 16）

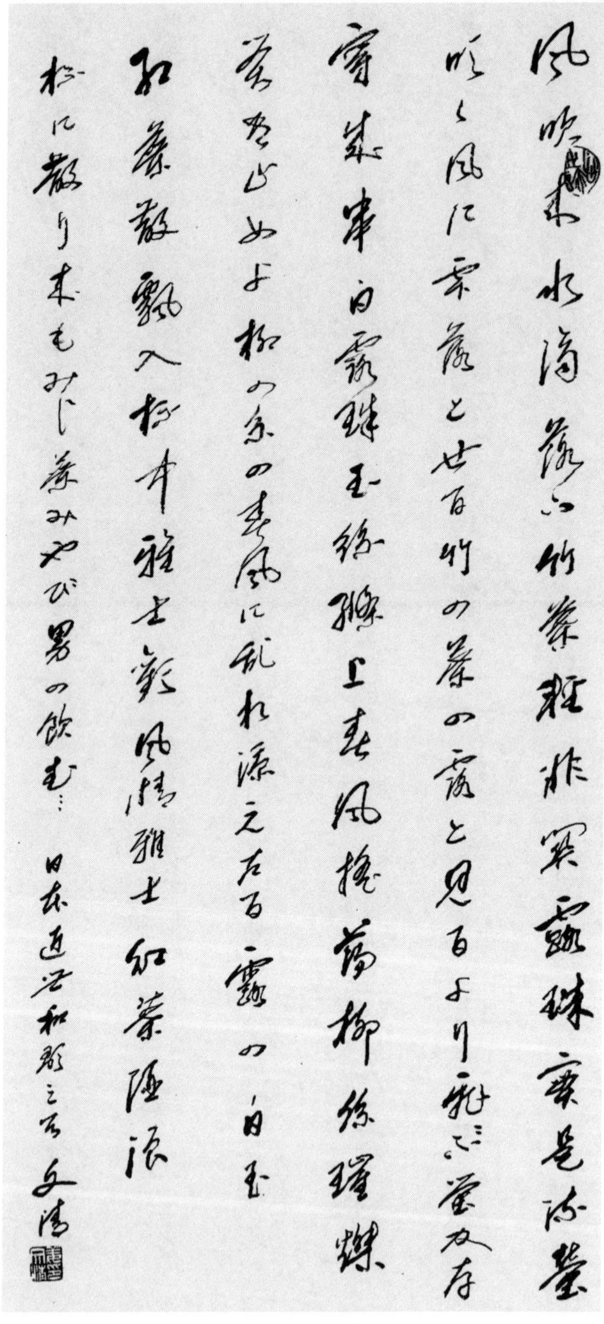

书和歌三首，乌丸光广、冈本宗好歌、平贺元义之歌作。（见本书：歌 332、歌 364、歌 468）

日本中近世和歌500首

——从镰仓到江户时代的日本和歌

和歌

姜文清　编译

云南出版集团
云南人民出版社

图书在版编目（CIP）数据

日本中近世和歌500首 ：从镰仓到江户时代的日本和歌 / 姜文清编译. -- 昆明 ：云南人民出版社，2021.10
ISBN 978-7-222-20444-7

Ⅰ. ①日… Ⅱ. ①姜… Ⅲ. ①和歌－诗集－日本－中世纪 Ⅳ. ①I313.23

中国版本图书馆CIP数据核字(2021)第194617号

责任编辑：刘　焰
创意设计：李乐乐
责任校对：毛　雪
责任印制：窦雪松

RIBEN ZHONG-JINSHI HEGE 500 SHOU
——CONG LIANCANG DAO JIANGHU SHIDAI DE RIBEN HEGE
日本中近世和歌500首
——从镰仓到江户时代的日本和歌
姜文清　编译

出　版　云南出版集团　云南人民出版社
发　行　云南人民出版社
社　址　昆明市环城西路609号
邮　编　650034
网　址　www.ynpph.com.cn
E-mail　ynrms@sina.com
开　本　889mm×1194mm　1/32
印　张　16.25
字　数　250千
版　次　2021年10月第1版第1次印刷
印　刷　云南新华印刷二厂有限责任公司
书　号　ISBN 978-7-222-20444-7
定　价　75.00元

如需购买图书、反馈意见，请与我社联系
总编室：0871-64109126　发行部：0871-64108507　审校部：0871-64164626　印制部：0871-64191534

云南人民出版社微信公众号

序

段炳昌

一年前，我有幸获读姜文清教授《日本中古和歌 500 首——平安时代的日本和歌》。如今正逢秋风初洒、金桂飘香之际，又捧读姜文清教授新作书稿《日本中近世和歌 500 首——从镰仓到江户时代的日本和歌》，读之有清风徐来、发明耳目、心旷神怡、馨香满怀之感。之前，姜文清教授已先后出版了《日本俳句长编》《日本古代和歌 400 首——从上古到平安时代前的日本和歌》《日本中古和歌 500 首——平安时代的日本和歌》三部译著，加上这一部《日本中近世和歌 500 首——从镰仓到江户时代的日本和歌》，以及可望于明年问世的《日本近代和歌 400 首》，显然已构成了比较全面系统的翻译评介日本古典诗歌的整体性工程。这个成绩，在译介日本古典文学的当代中国翻译家中是十分突出的。姜文清教授系列译著的问世是可喜可贺的，他数十年如一日专心学问、甘心坐冷板凳、坚忍不拔，终有大成，不仅可喜可贺，也可钦可佩、可歌可颂。

从姜文清教授的系列译著可以看出，贯穿古今的和歌翻译是其主要目标，目的非常清晰，线索明了，涵括了从古到今的日本和歌创作，范围宏阔，年代久远。姜文清教授长期致力于中国古代诗歌与日本古典诗歌的比较研究，中日审美方式、审美意识的比较研究，他的比较研究当然也涉及日本汉诗，但主要是以和歌与中国古代诗歌做比较。他深知和歌在日本文学发展中的重要地位，认为和歌代表了日本古典诗歌的成就和艺术特性，最能体现日本古代诗人的审美意识。自《万叶集》问世起到近代，日本诗人的诗歌创作形式主要是汉诗与和歌，而且和歌发展迅猛，涌现出了越来越多的诗人和作品，名家辈出，名作迭出，影响巨大。因此，无论是翻译还是研究，抓住了日本的和歌，确实就抓住了日本文学中影响最持续久远、最具有代表性、最为核心的文学品类。就像严明、山本景子所说：“日本和歌创作，除了大量的歌集、歌论以外，在历代日本文学代表性的作品中也一直存在，并对日本各体文学的发展起到了重要作用。日本各个时代的主要文学概念，也都会出现在当时的和歌创作及论述中。所以可以认为，通过研究以和歌为中心的日本古代诗学，最能直接进入和体现日本文学和诗学传统的精髓。”（严明、[日本]山本景子、熊啸：《日本诗学导论》序言第10页，上海古籍出版社2019年版）姜文清教授的古今系列日本和歌的翻译，大有深意在焉。

这部译著副标题是“从镰仓到江户时代的日本和歌”，表明时间是从1192年到1868年，为历时676年的日本和歌精选。这段时间，是日本历史上的封建社会时期，武士阶层登上政治舞台，又从盛而衰，随后进入明治维新时期，文化发展亦由贵族文化演变为武士文化，再演变为市民文化。和歌的变化发展也基本体现了这一漫长历史时期中各个时段的时代特征，从宫廷贵族诗人对疾风暴雨时代的悲伤失望，感怀世事无常，往往抒发出世之情，追求难言之余情、隽永之情趣，形成“幽玄”歌风，到后来缅怀平安王朝的情趣生活，惊叹新兴的武士，对现实生活的关切与描绘，追求平淡，崇尚技巧，和歌有了新变化，再到后来，即明治维新之前，虽然有些和歌还保持着传统和歌的特点，但有些和歌却体现了市民情趣，追求现世性，走向大众化，透露出走向近现代文学的倾向。姜文清教授的这部译著，对这一绵延670多年的复杂变化的日本和歌进行了选译，涉及的中世和歌330首、近世和歌170首，和歌作者共164位，代表性歌人、流派和作品都有一席之地，比如西行、藤原俊成、藤原定家、藤原为家、源实朝、顿阿、兼好、正彻、小泽芦庵、香川景树、良宽等著名歌人，二条家、堂上派、国学派、徒言派、桂园派等流派的诗人，都有多少不等的作品入选，无论是覆盖面、代表性、精粹性都是经过精心筛选的。一册在手，日本中近世和歌的基本概况和脉络大致可以呈现于前，了然于胸。

尤其令人耳目一新、心神振奋的是姜文清教授对日本和歌的翻译。读姜文清教授的翻译文本，我就想起很多年前他说过的一段话："读古典诗歌，我感到一是要认真读懂，字词含义不可不弄清楚；再是要多联想，想出点形象画面，想出点意境来；还要用专门理论知识来品析它，用别的诗歌来和它做比较。”（《读诗杂记两篇》，载云南大学中文系编《语言文学论集》，1983 年编印，第 380 页）虽然话说得浅显明豁，但却是经验之谈，难以移易之理，对于古典诗歌的阅读鉴赏具有很强的理论解释能力和指导意义。加上一条，也可以作为诗歌翻译的原则，那就是细心读懂原作，弄清其背景，揣摩其意境，再用合适的汉语词句表达出来。翻译的过程既是准确把握原作的内容、形式、意境、风格及相关背景的阅读、体验过程，也是一次再创作的艰苦劳动过程。由于语言文字、文化习俗、历史现实、审美意识和审美习惯等的差异，翻译实际上就是一种再创作，而且是一种约束更多的更为艰难的再创作，借用前贤的话说，就是“戴着镣铐跳舞”。明乎此，也就很容易理解，翻译家虽多，外国文学中文翻译作品汗牛充栋，但为大家所服膺的如朱生豪、傅雷那样的翻译家却较为稀少的原因了。

我认为姜文清教授对日本和歌的翻译是成功的。这主要得力于：首先是态度。姜文清教授为人为学都认真专注，做任何事情都一丝不苟，精益求精，追求完美。在翻译和歌的时候，对原作的文词、形式、意境、作者生平和思想、时代背景都做了尽可能全面的了解，做到真正的“读懂”。其次是眼光，也就是当下人们喜欢说的“高度”，包括材料占有的广博、视野的开阔、见事分析的深度、理论的通透。这较为集中地体现在姜文清教授对和歌歌人作品的选择、对意境的把握、对作品的分析点评方面。再次是想象，无论是阅读、分析诗歌，还是翻译诗歌，都需要充分发挥想象力，“想出点形象画面，想出点意境来”，对作品进行补充，使作品获得生命，真正活起来。对于和歌这一类形式非常简短的诗歌的翻译，更需要去揣摩其环境、画面和意境，沉思其后的意味和思想。最后是翻译，就是要选择最合适的形式和字句把原作的内容、风格、意境与精神实质传达出来，同时，翻译要合乎译文受众国家或地区的文化传统、审美情趣和阅读习惯，真正做到信、达、雅、美。除此之外，真正优秀的翻译作品，还能够表现译者的性格和精神气质，从译作中看到有一个译者在那里，所谓“在场”。这是姜文清教授的翻译最为突出、最引人注目的地方。

姜文清教授对日本古典和歌的翻译，首先给人以强烈的视觉美感的是那与众不同的诗歌形态，即采用三言、四言、三言、四言、四言，五句十八字的方式。翻译界在用中文翻译日本古典和歌时，比较普遍的是采用七言二句的方式，也有的采用五言四句，或五言、七言、五言三句的方式，但大多数译文读来觉得比较生硬，缺乏变化，甚至为了凑成七字而生拉活扯、生编硬造，因而读之往往有千篇一律甚至令人生厌之感，这是十分遗憾的。而且译成七言两句一诗，总觉得是破碎不全、零章断节，与我们的审美习惯不太相符。姜文清教授认为必须改变这种状况，解决的方法就是“一定要以中国的诗词文的雅致的韵调阅读、品味、翻译和歌”，因为“和歌在日本，属于‘雅’文学，与中国的诗、词意味相通，情韵相同，言词相似。不少和歌是学习、仿作中国诗歌、韵文的结果。如成型于 1018 年的《和汉朗咏集》就是明证。更多的是在学习借鉴的基础上创造的结果。众多的著名歌人精习汉诗文，甚至也是出色的汉诗文作者”。姜文清教授首先关注的是形式问题。自20世纪90年代开始，姜文清教授就一直在反复地思考、试验、摸索、推敲、切磋，使用长短句形式，即三言、四言、三言、四言、四言，五句十八字的方式来翻译日本和歌。其理由：一是“5、7、5、7、7，31 音的日本和歌，译为中文，当可尽量保持其基本的5句句式、其长短错落的句子形态。由于日语的31音，包含十五六个字义，故不能译为5、7、5、7、7，31个汉字，只能压缩字数来译，译为3、4、3、4、4，18音（字），这与原句的句式长度，在比例上是切近的”。二是“和歌在形式上与词相近，译和歌为近‘词’（唐诗宋词的‘词’）的样态，是可行且恰当的！词，虽无3、4、3、4、4，18音（字）一首的词牌，但有多个词牌有这样的 3、4、3、4、4，18音（字）的建构”。如唐宋词牌“惜黄花慢”“高阳台”“龙山会”“曲游春”“花心动”“解连环”等中都有这样的节拍音数方式。这里稍有补充的是唐宋词中五句一首的词牌也不少，如“渔歌子”“忆江南”“潇湘神”“捣练子”“忆王孙”等，还有一些双调的词牌上半阕与下半阕各由五句构成，可以想见这些词的初始形态可能也是五句，比如“浪淘沙”“阮郎归”“眼儿媚”“临江仙”“破阵子”“忆秦娥”“忆少年”“醉花阴”“踏莎行”“蝶恋花”等。三是“明代李言恭、郝杰撰写的《日本考》中，有用长短句的形式译和歌的方法，最值得关注和效仿”，但却被现当代的翻译者忽视了。四是这样的形式既可体现原和歌错落句式的意味，也可读来有中国如“词”一般的音韵感，能够将和歌那种如歌如泣、似断似续、一唱三叹、回环往复的味道传达出来。

我想再补充两点理由：一是日本和歌起源应该与日本民间歌谣相关，最早应该是可以歌唱的，“《万叶集》里也出现过‘和歌’一词，但把‘和’作为‘唱和’动词用”（同前引《日本诗学导论》序言第 8 页）。也就是说最早的和歌可以歌唱，本身带有很强的音乐性，这就像中国的唐宋词一样。既然可以歌唱，那么其歌词形式既可以是整齐句式的，也可以是长短句句式的。后来，虽然由于文人的参与和提炼以及受汉诗的影响，无论是内容、情调和一些表达方式都发生了变化，和歌逐渐演变为吟咏、阅读形态，但是由于保存了其长短句的形式，实际上也就保存了歌唱的音乐性特质，就像宋词，虽然现在一般人都不会歌唱了，但诵读起来仍然能分明体味到那种歌的音乐性。也就是说，用长短句形式翻译和歌，实际上是照顾了其原本就有的音乐性特点。二是和歌形式的形成，可能受到唐宋词的影响。最早的和歌总集《万叶集》的编纂完成时间是在什么时候，编纂者又是谁，至今还没有定论，比较普遍的看法是它乃由多人先后纂录、编辑而成，其中大伴家持可能是最后的续成者。（参见彭恩华《日本和歌史》，学林出版社 2004 年版，第 12 页）而大伴家持卒于 785 年（参见同前引彭恩华书，第 28 页），也就是说大伴家持编纂《万叶集》的年代大致相当于唐代大历到贞元年间。此前唐代民间已有曲子词即词的传播，文人词则已有李白的“菩萨蛮”“忆秦娥”等问世。稍晚于李白的文人曲子词作者就逐渐多了起来，比如刘长卿、戴叔伦、韦应物、张志和、王建等人，他们主要活动的时间大致与大伴家持相近。张志和的《渔歌子》大约写于唐代宗大历十二年（777 年），之后不久，此词即流传到了日本，嵯峨天皇即对《渔歌子》进行模仿，作了《杂言渔歌五首》。这说明当时中日之间的文化交流非常频繁，唐地新兴的曲子词的传播速度非常快，很快就会传入日本，引起一些日本歌人的响应。唐代文人曲子词的形式以短小明快的小令为主，这种形式应该受到了当时《万叶集》编纂者的注意。当然这些都需要进一步的研究。以上这些说明，姜文清教授采用三言、四言、三言、四言、四言五句十八字的长短句方式翻译日本古典和歌，是有着足够的理由和根据的。姜文清教授采用的这种独树一帜的形式为日本和歌翻译的沉闷局面带来了一股清风，提供了一条切实可行的新路，是对日本古典文学汉文翻译的一个重要贡献。

采用五句十八字长短句形式，“追求类似中国‘词’的言词韵调，体现日本和歌的艺术特质”，同时，对各首和歌的内容和艺术特质等作简要的阐释，是姜文清教授力求达到的和歌翻译目标。这个目标是比较高大上的，要求不仅对日本和歌的字词意、内容、形式、意境、风格及相关背景有准确的理解，体验作者的环境与心态，还要对中国的词（曲子词）比较熟悉，即对中日两国古代诗歌特征和审美意识都有比较深透的理解，对每首和歌的评点简释则要求有较高的理论素养与鉴赏能力，同时还要具备较高的运用中国古代诗词形式进行创作的能力与心性，姜文清教授恰好具备了这些条件，这是十分难得的。姜文清教授提出这样的翻译目标，不仅有勇气，也是有底气的，翻译结果确实是达到了预期目标的，是成功的。我想，最好的做法就是请读者自己阅读眼前的这部《日本中近世和歌 500 首——从镰仓到江户时代的日本和歌》，以检验姜文清教授的翻译效果和所达到的境界，检验其功夫的深厚与劳作构思的艰苦，也以证实我言之不虚。

四十年前，姜文清教授为我们班讲授陆机的《文赋》、严羽《沧浪诗话》等古代文论著作。那时他三十岁左右，意气风发，谈吐出众，对《文赋》《沧浪诗话》等很下过一番功夫，对这些文论经典原作深入研读，了然于胸，讲述起来头头是道，虽然刚上大学讲台，却一点也不怯场。他还布置作业，要求对《文赋》中“其始也，皆收视反听”一段逐句进行解释，并写成小论文对陆机的文学构思观点进行评价。随后，姜文清教授对全班所有作业做了认真批改，很快发回大家。他的评语要言不烦，颇能切中要义。这些都给我留下了深刻的印象。现在，看到姜文清教授的译著，我似乎回到了四十年前的情景，想起了《文赋》中的句子，想借用来说明我读姜文清教授译著的体会，可以说是“得其用心”，“尤见其情”；“理扶质以立干，文垂条而结繁”，“函绵邈于尺素，吐滂沛于寸心。言恢之而弥广，思按之而愈深。播芳蕤之馥馥，发青条之森森”。细细品读姜文清教授对日本和歌的精心翻译，我认为是可以当得上这样的品评的。

2021 年 8 月 17 日

于龙泉路云南大学教工住宅

前　言

姜文清

一、 中世、近世的社会动荡与变化

日本，从1192年到1573年，称之为中世。

在政治、经济上壮大起来的武士阶级，开始向皇权、贵族发动了取而代之的攻击。1192年，源赖朝被任命为征夷大将军，在镰仓设立幕府。

1199年，源死后，发生激烈的内部争斗。1219年，北条氏击败、清除源氏，掌握大权。1333年，后醍醐天皇的反对力量，击败北条氏，幕府垮台，“建武中兴”。1336年，足利尊氏直取京都，幽禁后醍醐，立光明天皇，是之谓“北朝”；后醍醐逃往吉野建立政权，是之谓“南朝”。到1339年，后醍醐死，“南北朝”结束。1355

年，在政权争夺中，足利尊氏取胜，1338年为大将军，在室町设立幕府。

从1573年到1868年称之为近世。

1573年，织田信长驱逐足利氏室町幕府。16世纪后半叶，武士“下克上”的战乱。织田信长在天正元年（1573），丰臣秀吉在天正十八年（1590），曾掌控了日本的政局。德川家康在建长八年（1603）任“征夷大将军”，在江户建立幕府。

从1192年镰仓幕府到1573年，三百多年的“中世”，特点是武士走上政治舞台，是日本封建社会的前期。

从1573年室町幕府结束，经江户幕府到1868年明治维新，近三百年的“近世”，特点是武士政治由盛而衰，是日本封建社会的后期。

二、 中世、近世的思潮与和歌

（一）中世文化思潮与和歌

日本文学从古代到中古，主体是皇家贵族文学。中世以后，武士进入文学。名主，或为武士，或成町人。从关注神的权威，到关注战争、生死，佛教产生末世思想，净土宗等“厌弃秽土”“欣求净土”。

中古、中世和歌紧密衔接：《千载集》（1187）和《新古今集》（1205），既是中古和歌，也是中世和歌之集成。

惊叹新兴的武士，憧憬平安王朝的情趣生活，对现实生活关切与描绘。新起的文学观念：“幽玄”“有心”，促进了和歌的新变化。

《新古今和歌集》等，歌人多是宫廷贵族，而对疾风暴雨的时代，悲伤失望，感怀无常。

藤原俊成，开创“幽玄”歌风。幽玄，幽暗朦胧，幻觉幻化。追求难达之余情、难见之精神、弦外音的情趣，贯通静寂与妖艳。

西行，跨越中古、中世，亲近自然人生，与后人的共鸣，如宗祇、芭蕉、川端等，形成日本文艺的一种范式：清新随性。

重要的和歌集、流派和编撰者：

1.《新古今和歌集》（1205）

后鸟羽上皇（1180—1239），于 1198 年设立“和歌所”（宫廷和歌会），敕撰此歌集。撰者为源道具、藤原有家、定家、家隆、雅经、僧寂莲。所收录的主要歌人歌作有西行 94 首、慈圆 92 首、藤原良经 79 首、藤原俊成 72 首、式子内亲王 49 首、后鸟羽天皇 34 首、历代天皇 112 首、藤原定家 46 首、家隆 43 首、寂莲 36 首等。

1221 年承久之乱前，后鸟羽天皇等人对辉煌的宫廷生活感怀；倒幕失败后，后鸟羽等被流放隐岐岛，对政局动荡变幻的体验与表白。

2.《新敕撰和歌集》（1232）

藤原定家奉后堀河天后之命编辑。重“有心体”，内在思致、情趣、余情效果，追求妖艳的余情美。此集中，除了藤原良经、俊成、公经之歌作外，还有源实朝（1192—1219）有歌25首（他的家集为《金槐和歌集》），其作颇有豪壮之气。

3. 其次纷纭多端，皆出于藤原定家之后人等

藤原为家（定家之子）崇尚平淡，撰集有《续后撰和歌集》（1251）。其子三人，因田产纠纷、矛盾，及政治派系利害，各分立门户。

藤原为氏，为二条派家祖，崇尚平淡歌风。其儿孙数代，皆为敕撰歌集的编撰者，势力甚大。重要歌人有顿阿、兼好，在吉野南朝有宗良亲王编集的《新叶集》。

藤原为教，京极派的家祖，其二代为兼，倡导朴素美和技巧美，且不拘泥于雅俗，肯定《万叶集》，编撰有《玉叶和歌集》。

藤原为相，冷泉派家祖。后有今川了俊，崇尚真实，其弟子正彻，崇拜定家的幽玄，追求梦幻气息。一些作品有庶民生活气息。

飞鸟井雅所撰《新续古今集》，为敕撰集的末音。

二条派代表还有三条实西隆、细川幽斋。

上述的藤原为家及其后代，共编撰有多部和歌集，林林总总，难以遍览。

后世有编辑者，以《中世和歌抄》方式加以选取。详见后述。

（二）近世思潮与和歌

1. 社会思潮与其他众多文学情况

江户时期是日本的封建社会后期。幕府将民众分为武士、农、工、商等身份等级，儒、佛思想被推崇。町人，即是商人和市民，有着现时性，也即现世性的追求。日语称之为“忧世”或“浮世”，意皆为“现世”。在江户以前的时代，此词或有“空幻”“忧伤”之意。

新的文学样式和内容，表现町人的生活样貌，享乐思想，金钱支配欲、性爱、财富积累、挥霍。“游女”青楼之事，称之为“好色物”；“游里”聚财之事，称之为“町人物”，主要作者有井原西鹤、近松门左卫门等。印刷、出版业的发展，使这样的文学扩大了影响。其体裁形式多样，有浮世草子（洒落本、黄表纸、滑稽本、人情本）、浮世绘。

与和歌关系最近的是俳谐。室町后期，连歌（多人联作的短歌）由纯正走向滑稽、幽默，走向大众化。

其上句（5、7、5 三句）独立而成了 17 音的短诗，就是俳句，也称之为俳谐。其主要门派和作者有贞门、谈林、上岛、芭蕉、蕉门、芜村、一茶等。（参见姜文清编译《日本俳句长编》）

和歌，体现歌人之好，而俳谐（5、7、5，17 音的韵味诗）、狂歌（游戏性和歌）、川柳（5、7、5，17 音的风趣诗）更为群众所喜好。总之，其内容情调诙谐、滑稽，更为人所喜闻乐见。

和歌前期为“上方文学”（京都、大阪），后期为“江户文学”（东京）。

2. 和歌及流派情况

二条家系统：细川幽斋，其门下有后水尾天皇、三条实西条、中院通胜。此为宫廷的传统的歌坛，称之为“堂上”。又，乌丸光广、松贞永德、木下长啸子，有新鲜的写景歌。此为庶众的民间的歌坛，称之为“地下”。

古文研究者之和歌：到元禄（1688—1703）时代，既做古文（国学、汉学）研究，又兼及作歌。荷田春满、下河边长流、契冲、户田茂睡，指说二条家之作的无意义，倡导“大和之言则为歌”之说，有反旧家学之功。

长流、契冲为万叶学者，抱持充分自在的人性，歌作更近于古今、新古今风，且冲破“堂上”之风，入武士、商人、农夫、僧侣之情调，有隐士风、学者风。

万叶风，起自贺茂真渊，径直“以古人之心为心”，以万叶风为和歌的理想。真渊虽也经历古今、新古今的阶段，而晚年终成其万叶风。或言近世歌风自真渊始，并非毫无道理。

其门下：田安武宗、荒木田久老、楫取鱼彦，或有品格自由的万叶调；加藤美树、加藤枝直等，或以古今、新古今风显；加藤千荫、村田春海等，加入了近世的新鲜味，为江户派。

本居宣长等的本居派，出于其歌论、物语论，而沿人性人情的自由感动，亦颇尚新古今风。

真渊以下，或有似于天明俳谐中的芜村的清新味。

同此时段，在京都有小泽芦庵、香川景树的歌派：平易的感动、日常的言辞，倡导“直言之歌”（不同于真渊之好古语），是易解而优美的古今风。

景树歌论之中心，在自然感动中表现出“声调”（高雅流丽的韵调），与江户派一起，为近世和歌加入了（近世的）现实色彩。此以所谓的“桂园派”为最。景树为首，又有木下幸文、熊谷直好、八田知纪、高崎正风等。

优秀的个性的歌人，高雅飘逸的心境：平贺元义的万叶风之豪快率直。橘曙览的素材、用语自由，新鲜、观察敏锐。大隈言道为福冈町人，在古今风中融入现今的新鲜性。女歌人有太田垣莲月、野村东望尼等，以及勤皇志士之作。

狂歌为游戏性、滑稽表现的短歌。山崎宗鉴、细川幽斋、松永贞德等，更有大阪商人油烟斋贞柳，为专门之狂歌歌人。以其为代表的上方狂歌，更见轻快洒脱，突出者有四方赤良，以及唐衣橘洲、朱乐菅江等。

总之，和歌，通过近世社会的洗淘，而显出町人文学的特征，开始透露出近代的气息。

三、中世、近世和歌的选取

中世和歌以相应的歌集选取：作者 93 人，歌 330 首。主要作者有西行、藤原俊成、寂莲、式子内亲王、慈圆、藤原定家、源实朝、心敬、细川幽斋等。

近世和歌按作者选取：作者 71 人，歌 170 首。主要作者有契冲、贺茂真渊、田安武宗、本居宣长、加藤千荫、小林歌城、小泽芦庵、香川景树、良宽、橘曙览等。

歌作原文取自于下列书（本书和歌出处之简称，见书名后的括号内）：

（1）《新古今和歌集》（新古今，编号）（1205

年)，田中一、赤濑信吾校注《新日本古典文学大系 11》，岩波书店 1998 年 4 月第四刷。

（2）《千载和歌集》（千载，编号）（1187 年），片野达郎、松野洋一校注《新日本古典文学大系 10》，岩波书店 1998 年 4 月第三刷。

(3)《中世和歌集》(中世歌，具体卷名，编号)，井上宗雄校注释《新编日本古典文学全集 49》，小学馆 2000 年 11 月出版(包含以下内容：御裳濯河歌合，宫河歌合/西行作；金槐和歌集杂部/源实朝作；正风体抄为相百首/藤原为相作；玉叶和歌集(抄)/藤原为兼撰；风雅和歌集(抄)/光严院撰；新叶和歌集(抄)/宗良亲王撰；新续古今和歌集(抄)/飞鸟井雅世撰；正彻物语(抄)/正彻作；文亀三年三十六番歌合众妙集(抄)/细川幽斋作）。

（4）《近世和歌集》（近世歌，编号），《日本古典文学大系》，岩波书店 1969 年版。

（5）《日本名歌集成》（集成，页码），秋山虔等编，日本学灯社 1988 年版。

（6）《通解名歌辞典》（名典，编号），武田祐吉、土田知雄编著，创拓社 1990 年 11 月版。

（7）《山家集金槐和歌集》（山家、金槐，编号），风卷景次郎、小岛吉雄校注《日本古典文学大系 29》，岩波书店 1969 年版。

（8）《秀歌鉴赏 1》（秀歌，页码），和歌文学会编，会长久松潜一《和歌文学讲座 10》，樱枫社 1969 年 8 月版。

四、中国诗词与译日本和歌

以五言四句、七言二句来译日本和歌，似乎是很长一段时间以来中译日翻译界的通行方式。也有用 5、7、5 三句来译的，实际并不适当。一是不管原作的句式句型，形式相差太大；二是不精于炼字炼句，很方便地用习惯性的打滑诗、顺口溜的言辞造出译文；三是很滑稽地说要做“终极翻译”，译成粗俗的口语。这背后只有一个解决办法——如何有更好的中文能力！

和歌在日本属于“雅”文学，与中国的诗、词意味相通，情韵相同，言词相似，不少和歌是学习、仿作中国诗歌、韵文的结果，如成型于 1018 年的《和汉朗咏集》就是明证，更多的是在学习借鉴的基础上创造的结果。众多的著名歌人精习汉诗文，甚至也是出色的汉诗文作者。

所以，一定要以中国的诗词文的雅致的韵调阅读、品味、翻译和歌。甚至译近现代的短歌（近代以后一般称和歌为短歌），言词也要有雅趣。

句型形式上，5、7、5、7、7，31 音的日本和歌，译为中文，当可尽量保持其基本的五句句式，其长短错落的句子形态。由于日语的 31 音，只包含十五六个字义，故不能译为 5、7、5、7、7，31 个汉字只能压缩字数来译，译为 3、4、3、4、4，18 音（字），这与原句的句式长度，在比例上是切近的。

原文 5∶7≈0.714，译文 3∶4≈0.75，两相近似（设如：3∶5≈0.6；4∶6≈0.67，则有差距）。汉字 18 音所包含的字义，也相近，相当于 31 音日语所包含的意义。

和歌在形式上与词相近，译和歌为近“词”（唐诗、宋词的“词”）的样态，是可行和切当的。明代李言恭、郝杰撰写的《日本考》中，有用长短句的形式译和歌的方法，最值得关注和效仿。

词，虽无3、4、3、4、4，18音（字）一首的词牌，但有多个词牌有这样的3、4、3、4、4，18音（字）的建构。如：

（1）《惜黄花慢》（108字，上片13句，下片12句），其上片之9至13句。

（2）《高阳台》（100字，上片11句，下片11句），其上、下片之7至11句。

（3）《龙山会》（103字，上片12句，下片12句），其上、下片之8至12句。

（4）《曲游春》（108字，上片12句，下片13句），其下片之9至13句。

（5）《花心动》（103字，上片12句，下片11句），其上片之8至12句。

（6）《解连环》（106字，上片13句，下片13

句），其下片之 9 至 13 句。[①]等等。

以上（1）（2）押平韵，（3）（4）（5）（6）押仄韵。句中平仄交错，多样而灵活。

翻译和歌时，一首中第三、五句押韵（或可二、五句押；或可二、三、五句押，平韵、仄韵皆可；一首中也可平仄皆用），这样似可既体现原歌的错落句式的意味，也可读来有中国如“词”一般的音韵感。

译和歌为中文，音数相应，平仄类于词，有押韵。中文能够做这样的表达！

本书和歌翻译采用的是上文说到的 3、4、3、4、4，5 句 18 字的译法，其形式感靠近和歌，情调靠近中国的“词”。平仄不拘于词谱之律，读之畅达则好。押韵也不拘于词谱，或押平韵，或押仄韵，极少数平仄通押；用今韵（20 部）。[②]此种译法，笔者已用于以往的相关著、译中，如《东方古典美——中日传统审美意识比较》

①. 盖国梁主编：《中华韵典》，上海古籍出版社，2004 年，第 954、885、919、920、923、948 页。

②. 盖国梁主编：《中华韵典》，上海古籍出版社，2004 年。

《日本古代和歌 400 首——从上古到平安时代前的日本和歌》《日本中古和歌 500 首——平安时代的日本和歌》①。上面一部分的行文也出于《日本古代和歌 400 首——从上古到平安时代前的日本和歌》的前言。

（1）以 3、4、3、4、4，每首 18 字的句式，体现其原作 5、7、5、7、7，全歌 31 音的诗形特点。

（2）追求类似中国的“词”的言词韵调，体现日本和歌的艺术特质，并尽力体现出向近代转化中的新言词倾向。

（3）结合各首和歌的“词书”（即题目、说明）对和歌的内容和艺术特质等做了阐释。

本书与 2019 年至 2021 年出版的《日本俳句长编》《日本古代和歌 400 首——从上古到平安时代前的日本和歌》《日本中古和歌 500 首——平安时代的日本和歌》和可望在 2022 年面世的《日本近代和歌 400 首——从明

①.《东方古典美——中日传统审美意识比较》，中国社会科学出版社，2002 年；《日本古代和歌 400 首——从上古到平安时代前的日本和歌》，云南人民出版社，2020 年；《日本中古和歌 500 首——平安时代的日本和歌》，云南人民出版社，2021 年。

治到昭和前期的日本和歌》，共为译介日本古典诗歌的系列书籍。

本书的释文，参照日本原典各相关书册的具体歌作的底注，更多地尽心领会歌意，做出理解和评议，以助阅读之兴。

2021年3月改定

目录

中世和歌

近世和歌

中世和歌

（93 人　歌 330 首）

西行（西行　さいぎょう）

西行，元永元年至建久元年（1118—1190）。藤原康清之子，母为源清经之女。俗名义清，法名园位。家集有等。歌作亦见于《词花和歌集》的“无名氏”（日语称咏作人不知《山家集》《西行上人集》《山家心中集》）的歌作。

1.　**月之叹，感物悲思，寄月上。**

我之泪坠，月容潸然。

词书为：“月下恋思。”

仰望明月，感恋情之忧苦而泣下。不仅我有泪，月容也涕泪。把自己的悲苦客体化到了“月”上。

这是作者家集《山家集》中，以月为题 、以恋为题的歌群中的一首。也是被选入《小仓百人一首》中的歌作。

嘆(なげ)けとて月(つき)やは物(もの)を思(おも)はする託(かこ)ち顔(かお)なるわが涙(なみだ)かな

（千载・恋五；集成・P246）

2. **吉野山，樱花枝头，雪初散。**

今年又逢，花寒难放。

词书为：“咏樱花之歌。”

表达的是“山寒花迟”之意。应当有象征寓意：出家有如寒凝中难放之春花，有僧房如寒山之叹。

吉野山(よしのやま)さくらが枝(えだ)に雪散(ゆきち)りて花(はな)おそげなる年(とし)にもあるかな

（新古今・春上・79）

3. **道旁柳，青丝影垂，清水流。**

柳恋清流，流连不走。

“无题”之作。

对真实景观，融入情思，成了有意味的意象。据说是在未出家时，在鸟羽帝的障子绘中有“汲水女郎”的形象，此歌即咏此景况。

道(みち)のべに清水流(しみずなが)る柳(やなぎ)かげしばしとてこそ立(た)ち

とまりつれ

（新古今・夏・262）

4. **无世情，心中却生，感物叹。**

鹬飞水泽，秋暮愁长。

词书为：“秋日道中。”（《山家集》）

当热衷于世务之情似已了断后，其实在内心深处，仍有着对人事景物的感动。原文的“鴫”，就是“鹬”，喙、腿较长之水鸟，中文成语之“鹬蚌相争”即有此鸟。

以鹬的高飞，表现寂寥和孤高的内心感受。以情景相合，表现出幽玄微妙的趣味。

心(こころ)なき身(み)にもあはれは知(し)られけり鴫立(しぎた)つ沢(さわ)の秋(あき)の夕(ゆう)ぐれ

（新古今・秋上・362）

5.　**秋筱山，山麓山乡，秋雨降。**

生驹峰上，云雾绕环。

“无题”之作。

秋筱、生驹，两地皆为大和国的歌枕，是通向河内国的名所。

突破旧有类推的框套，不拘于词语的雕饰，以清新的文笔，体现出开阔宏大的气度，也体现出对山里人亲切之感。

秋篠(あきしの)や外山(とやま)の里(さと)や時雨(しぐれ)らむ生駒(いこま)のたけに雲(くも)のかかれる

（新古今・冬・585）

6.　**摄津国，难波春色，成远梦。**

芦叶枯尽，萧瑟风中。

在《西行上人集》中，为“无常”歌中的一首。

其本歌是能因法师的“知物哀，方能赏识，津之国。难波滩岸，春之景多”。写的是对难波春色的正面的感叹和赞美。

本首写的是对已逝去的梦境般难波景色的怀想。事物之荣枯，观之如梦。

津（つ）の国（くに）の難波（なにわ）の春（はる）は夢（ゆめ）なれや蘆（あし）の枯葉（かれは）に風（かぜ）わたるなり

（新古今・冬・625）

7.　**当有人，能在山中，共寂寥。**

草庐并列，冬寒人杳。

词书为：“咏山家寒冬之心。”

写在冬天的孤寂与严寒中，“能忍耐闲寂，富贵荣华无动于心之人”（北村季吟）。

写出了修行之人纤细的感伤，及对想象中的友情的渴望。

寂（さび）しさにたへたる人（ひと）の又（また）もあれな庵（いおり）ならべむ冬（ふゆ）の山里（やまさと）

（新古今・冬・627）

8. 老迈人，已未曾想：再翻越，

佐夜中山，是命使然！

词书为："与相识共向东行，过佐夜中山，而回想往昔之事。"

佐夜中山，为静冈县挂川市东部的山。平安时代为东海道的难行之地。

时在文治二年（1186），西行已六十九岁。为托请东大寺的再建，与藤原秀衡同往访托请之人。

此行路过的佐夜中山，在他二十多岁去陆奥修行时曾翻越过。时隔四十余年，再有此经历，在孤寂之中，也流现着一丝虽老犹能行的喜悦和使命感。

年(とし)たけてまた超(こ)ゆべしと思(おも)ひきや 命(いのち) なりけり

佐夜(さや)の中山(なかやま)

（新古今・羁旅・987）

9. **独处在，远离尘嚣，山岩间。**

无人搅扰，恋思绵绵。

一首“无题”。

原文虽未直说恋思，但歌中的“念想”（思ふ）是西行恋歌作品中的一个特征性的用语。与当时人之恋歌不同的是西行恋歌的抒写率直，直言念想。

本首歌的特点是设想特定的场景——山岩之间，象征表现出家修行之所，从而回味昔日的恋情。

遥(はる)かなる岩(いわ)のはざまに独(ひと)りいて人目思(ひとめおも)はで
物思(ものおも)はばや

（新古今・恋二・1099）

10. **想人世，全如花落，成空幻。**

空幻我身，又欲何往？

“无题”之作。

全歌围绕“花落”这一意象，展开人生空幻的议论，把带有哲思性的观念形象化。

提出前景性的“何往”这一问题，体现“空幻”不只是一个短暂的现实问题，还是一个历久的时间中的问题。

歌作体现出日本中古以后，社会人生观中深重的佛教来世观的影响。

世(よ)の中(なか)を思(おも)へばなべて散(ち)る花(はな)のわが身(み)をさてもいづちかもせむ

（新古今・杂中・1417）

11. **富士烟，随风摇曳，空中消。**

知向谁边，踪迹杳渺。

词书为：“往东去修行途中咏富士山。”

此为奥州旅行时作，离西行去世仅二三年，实为反躬自省之作、自叹之歌，也是他自己生涯的一个象征表现。

風(かぜ)になびく富士(ふじ)の煙(けむり)の空(そら)に消(き)えてゆくへも知(し)らぬわが思(おも)ひかな

（新古今・杂中・1615）

12. **荒田旁，峭崖树梢，山鸽叫。**

凄切呼友，暮云笼罩。

“无题”之作。

“凄切”是全歌的基本情调，此语在和歌中并不常用，而西行偏好用之。

他不拘泥于歌之优雅，而对冷寂幽暗有所强化，有生新独创之感。

古畑(ふるはた)のそばのたつ木(き)にいる鳩(はと)の友(とも)よぶ声(こえ)の凄(すご)き夕(ゆう)ぐれ

（新古今・杂中・1676）

13. **大愿为：死于春日，花之下。**

二月寂灭，追迹释迦。

《山家集》有词书为：“咏花多首之一。”

据传说，释迦牟尼圆寂于二月十五；而西行也最终逝世于二月十六。这是他五十多岁时，而非离世前之作。

西行爱好樱花，不仅希望自己能与樱花长久同在，更渴盼自己能靠近佛，能入极乐之境。

願(ねが)はくは花(はな)の下(した)にて春(はる)死(し)なむそのきさらぎの望月(もちづき)のころ

（续古今·杂上·1993）

14. **少儿时，躲在角落，捉迷藏。**

总想重回，如此时光。

《闻书集》有词书为：“嵯峨时，做捉迷藏游戏，众皆戏而咏作。”

此为十三首之一。西行对幼年、少年时代往事的回想。

除了其中闪现的美好与温暖外，也有对自己平平无奇、快快少乐的一生的悔恨和悲伤。

昔(むかし)せし隠(かく)れ遊(あそ)びになりなばや片隅(かたすみ)もとに寄(よ)りふせりつつ

（闻书集；集成・P249）

15. **地狱中，焰腾暗空。合当是，**

情欲之火，彻夜熊熊。

这是以“观地狱绘”为题而作的二十七首歌中的一首。

西行读源信之《往生要集》“厌离秽土”一段中对地狱的描写：“火烧即灭，而业障不灭”，生前的淫欲罪业永难消去。对此等说法的一个内心回应。

並(な)べてなき黒(くろ)き焔(ほむら)の苦(くる)しみは夜(よる)の思(おも)ひの報(むく)いなるべし

（闻书集；集成・P249）

藤原俊成（**藤原俊成**　ふじわらのとしなり）

藤原俊成，永久二年至元久元年（1114—1204）。俊忠之子。正三位皇太后宫大夫，法名释阿。《千载和歌集》之编撰者。家集《长秋咏藻》，著有歌论《古来风体抄》，歌作见于《词花和歌集》。

16.　**夕照残，遍野秋风，彻骨寒。**

鹌鹑哀鸣，深草里藏。

词书为：“久安百首之秋歌。”

歌作的象征意味是：深草中哀鸣的鹌鹑，是战乱中被遗弃的女子。而“深草里”，除字面意之外，又是京都伏见区的一个地名。故事见于《伊势物语》第 123 段。

歌作所表现出来的言外之意，使其具有哀切地对人世情景的感受，这就是所谓“有心”。

夕(ゆう)されば野(の)べの秋風身(あきかぜみ)にしみてうづら鳴(な)くなり深草(ふかくさ)の里(さと)

（千载・秋上・259）

17. **百舌鸟，野上道旁，夏草密。**

虽如约来，何处可栖？

词书为：“法住寺殿，五月供花之时，众皆如约作歌以咏隐恋之心。”

歌作暗喻恋人间的交往：如约而往幽会，却找不到恋人的所在。蕴含着深切恋慕而不得的哀感顽艳。体现出如《正彻物语》所说的，“俊成歌风的本体是物哀表现”的说法。

頼(たの)めこし野(の)べの道(みち)しば夏(なつ)ふかしいづくなるらむ鵙(もず)の草(くさ)ぐき

（千载·恋三·795；集成·P249）

18. **忧世烦，无路可遁，思入山。**

虽入深山，鹿鸣依然。

词书为：“作述怀百首歌时，咏鹿之歌。”即所谓“寄鹿述怀”。

可能受到《古今集》中的名歌的影响。署猿丸大夫之作：

深山中，鹿踏红叶，呦呦鸣。闻其声也，秋多悲情。

［（古今·秋上·215；姜文清编译（以下简称“姜编译”）《日本中古和歌500首》·歌1）］

本首是俊成年方27岁时之作，但已有着深切的厌世情绪的表达，整个动态、情景，体现出人世间之事，给人以难尽逃脱的宿命的重压。

其子定家也深有感悟，将此歌选入《小仓百人一首》中。

世の中よ道こそなけれ思ひ入る山の奥にも鹿ぞなくなる

（千载·杂中·1151；名典·2351）

19. **难再见，交野原上，樱花散。**

飘零如雪，春日曙光。

词书为：“摄政太政大臣（藤原良经）家咏歌

五首时之作。”

“交野”，为河内国之歌枕（在今大阪府枚方市），为赏樱、狩猎之名所。

歌为建久六年（1195）二月，俊成已八十二岁时所咏。歌中寓含着垂垂老迈的悲哀感，也跃动着对目前明媚春光的依恋。也是中世和歌理念中“幽玄”与“妖艳”的融合风致。

またや見(み)む交野(かたの)のみ野(の)の桜(さくら)がり花(はな)の雪(ゆき)散(ち)る春(はる)のあけぼの

（新古今・春下・114）

20. 忆往昔，草庵夜雨，坠泪时。山杜鹃哟，少添悲思！

词书为：“右大臣藤原兼实家百首咏歌时作，以杜鹃为题。”

歌中的主要情景，取自白居易诗句：“兰省花时锦帐下，庐山雨夜草庵中。”写出他被谪居于庐山时的情景和感受。

俊成此歌仿白诗而构成幽玄哀切的歌境，以杜鹃之鸣声唤起对往昔的追怀。这也是“万叶”以来和歌的传统笔调。

昔思(むかしおも)ふ草(くさ)の庵(いおり)の夜(よ)の雨(あめ)に涙(なみだ)なそへそ山(やま)ほととぎす

（新古今・夏・201）

21. **一仙人，采菊挹露，笼袖间。**

山中片刻，世上千年。

词书为：“文治六年（1190）题女御内屏风之歌。”

女御，为后鸟羽院女御藤原任子；此为月次屏风“九月，菊”；其上所绘之事为：九月，山中，菊花盛开之所，仙人对花而赏会。（俊成家集《长秋咏藻》记）

作为有祝贺意义的歌作，写出长寿、不老的象征物：菊花与菊露的灵力。用来自中国的神仙思想，展示出祥和与喜庆。

山人の折る袖にほふ菊の露うち払うにも千世は経ぬべし

（新古今・贺・719）

22. **偶宿此，夜来松风，悲未绝。**

苔下墓中，其声如咽。

词书为：“定家之母故亡后，俊成于秋时偶宿于墓所近处而作。”

这是俊成于其妻福美门院加贺一周年忌时所作，时在建久五年（1194），俊成也八十一岁了。加贺虽是再婚，但与俊成琴瑟相和，二人育有二男（其一就是藤原定家）七女，共度了四十五年的光阴。

对先他而去的妻子，俊成共作哀伤歌十九首，此是其中之一。

まれにくる夜はも悲しき松風を絶えずや苔の下に聞くらむ

（新古今・哀伤・796）

23. **恋思长，对你所在，向空望。**

彩霞中分，春雨正降。

词书为：“降雨之日，赠某女。”

其人为谁不知，乃俊成之恋人，其家集尚有词书言：“为隐恋之情人。”下雨、霞映空、雨停欲晴，当此之时，遥想情人而作歌。

歌中情景艳丽多彩，寄托着歌人的美好情感。“霞中分”，是作者独创的词句，也是他细致观察的结果。

思ひあまりそなたの空を眺むれば霞を分けて春雨ぞ降る

（新古今・恋二・1107）

24. **竹丛小，原上风起，露将消。**

唯有一事，凝思难了。

词书为：“沉疴之时，愿定家男得升任中将。故托民部卿范光转奏于后鸟羽院，歌一首。”

这是为儿子的晋升托人奏于天皇时所作的歌。时在建仁二年（1202），俊成已经 89 岁了。也可谓是他人生的最后的请求。

上句（1、2、3 句）主要说的是自己如“露将消”的残年；下句（4、5 句），以“竹一节”喻说自己对一个儿子的事的关切。

小笹原風（おざさはらかぜ）まつ露（つゆ）の消（き）えやらでこの一節（ひとふし）を思（おも）ひおくかな

（新古今・杂下・1822）

25. **思人世，百感连绵，眺远空。**

白云消去，无影无踪。

词书为：“崇德院中奉作和歌百首之无常之歌。”

与他同作此“无常”为题的歌有十三人，各以“水泡”“露”“牵牛花”“蝉”“梦”等，来喻说“无常”。

俊成本首以“虚空”中的“白云消去”来喻

说，更新鲜明切。

世の中を思ひ連ねて眺むれば虚しき空に消ゆる白雲

（新古今·杂下·1846）

26. 此画是，面对落日，生遥想：弥陀佛国，晚空在望。

词书为：“书于六时极乐赞之绘而咏作。日没时，众人听说法而极欢喜瞻仰。”

这是一首赞颂六时极乐赞画作的和歌。六时，指一昼夜分为六个时辰，此画是日落时之情景，画面中释迦牟尼说法，众皆欢喜仰望。

与佛教所倡言的“日想观”：人见落日西沉而向往西方极乐净土相吻合，是所谓“念愿成就”的“法悦之境”。

歌作有着丰富多彩的形象画面感。

今(いま)ぞこれ入日(いりひ)を見(み)ても思(おも)ひこし弥陀(みだ)の御国(みくに)の夕(ゆう)ぐれの空(そら)

（新古今・释教・1967）

27. **似幻象，樱花姿影，在前峰。**

越山而往，花云朦胧。

词书为：“崇德院临幸近卫殿，在摄政藤原忠通之歌会上，众咏‘远寻山花’之题。”

这当是俊成在三十五岁以前的作品，以姿影来描绘樱花，将白云误认为樱花，二者浑然难分，体现出对“艳”的咏叹。

面影(おもかげ)に花(はな)のすがたを先立(さきだ)てていくへ越(こ)えきぬ峰(みね)の白雲(しらくも)

（新敕撰・春上；集成・P252）

藤原实定（藤原实定　ふじわらのさねさだ）

藤原实定，保延五年至建久二年（1139—1191）。公能之子。左大臣正二位。家集为《林下集》，歌作见于《千载和歌集》。

28.　**杜鹃啼，有声清啭，急观望。**

唯见曙色，残月之光。

词书为：“咏晓月杜鹃之心。”

闻杜鹃之清啭而不见其所在，以显示曙色晓月的氛围，以“观望”体现杜鹃声之清啭诱人。听觉到视觉的转换。

有前行歌，如：“天将明，残月犹存，杜鹃鸟。清嘹一声，循声观瞧。”（藤原赖通《后拾遗・夏》）

ほととぎす鳴(な)きつる方(かた)をながむればただ有明(ありあけ)の月(つき)ぞ残(のこ)れる

（千载・夏・161）

29. **奈吴海，霞光缝中，远眺看。**

白波腾浴，圆红夕阳。

词书为：“咏晚霞之意。”

奈吴海，为摄津国的歌枕，在今大阪市南，道顿堀附近。

并非面对实景的咏作，而是对一幅大和绘画作的描述。歌作以动态的白波，与相对静态的红日相对照。

奈古(なご)の海(うみ)のかすみの間(ま)より眺(なが)むれば入日(いりひ)を洗(あら)ふ沖(おき)つ白波(しろなみ)

（新古今・春上・35）

殷富门院大辅（殷福门院大辅　いんぶもんいんのたいふ）

殷富门院大辅，生卒年未详，正治二年（1200）约七十岁时没。藤原幸成之女，母为菅原在良之女。又名千首大辅，后白河院皇女亮子内亲王之女侍。家集为《殷富门院大辅集》，歌作见于《千载和歌集》。

30.　**渔人衣，海水浸濡，色依旧。**

请看我袖，血泪红透。

词书为：“歌合之时，咏恋歌以进。”

写的是雄岛（陆奥国的歌枕）的渔人，也很可能是女性，即渔女。较之涕泪湿袖如渔人衣被海水浸染的对手歌作，言“血泪红透”，更见恋情深切而悲苦。“血泪”虽有夸张，但用在恋歌赠答中，合情合理，更为动人。

本歌的原文，首句就是“请看吧”，气度坚决，有诘责对方之意。

見(み)せばやな雄島(おじま)の海人(あま)の袖(そで)だにも濡(ぬ)れにぞ濡(ぬ)れ

し色は変わらず

（千载・恋四・886）

31. **樱花哟，别枝凋零，亦春意。**

落落开开，动我悲喜。

词书为：“咏樱花之歌。”

歌中用了“知其心事”，来说自己与春天的心灵相通，很亲切平易；但内心深处，流露出由衷的伤春之感。其情调与在原业平的这首歌很是相合：

此世上，若无樱花，开又落。春之心情，可得悠然。

（古今・春上；姜编译《日本中古和歌 500 首》・歌 34）

花もまた別れむ春は思ひ出でよ咲き散るたびの心づくしを

（新古今・春下・143）

小侍从（小侍从　こじじゅう）

小侍从，生卒年未详，可能在建仁二年（1202）约八十岁时仍存活。石清水别当光清之女。二条院、太皇太后宫多子、高仓院之女官。家集为《小侍从集》，歌作见于《千载和歌集》。

32.　**人未来，中宵钟音，悲且凄。**

天明鸡鸣，难与之比。

“无题”一首。

《平家物语》卷五，太皇太后多子在寝宫中曾说的：“中宵等待，天明离别，何者更令人生悲感！？”似对如此感慨，本歌正好做了一个后者不能相比的回答。

待つ宵に深けゆく鐘の声聞けば明かぬ別れの鳥はものかは

（新古今・恋三・1191）

33.　山路绕，沾衣为摘，佛前草。

晨起僧衣，露湿难消。

词书为：“奉百首和歌中，咏山居之意。”

原文中的“樒”，日本的一种莽草，又名佛前草，可用于代青莲，为供佛修法用。

作者小侍从，于正治二年（1200）出家，做“初度百首”。此前，与左大臣藤原实定恋情多有艳闻。故歌中末二句，暗含“有如晨别，泪袖难消”之意。

不言而喻在其中，这就是中世和歌最看重的艺术特色之一——“余情”。

樒(しきみ)摘(つ)む山道(やまみち)の露(つゆ)に濡(ぬ)れにけり　暁(あかつき)　おきの墨染(すみぞ)めの袖(そで)

（新古今・杂中・1666）

宜秋门院丹后（宜秋门院丹后　ぎしゅうもんいんたんご）

宜秋门院丹后，生卒年未详，至建永二年（1207）时仍在世。源赖行之女。曾仕于九条兼实家，后仕于后鸟羽院中宫宜秋门院。歌作见于《千载和歌集》。

34.　**最难忘，难波江上，秋夜半。**

澄澈别浦，明月之光。

词书为："八月十五夜，和歌所歌合，咏海边秋月。"

难波，大阪市上町台地以东地区的古称。难波江，即指其地西面的海面，堀江入海之处。别浦，非特定地名，而指旁侧水边。

难波江，是最有名的临海赏月之地。作者的伯父源赖政曾在难波举行歌林苑，会众作歌。本歌或当与此有关。

忘れじな難波の秋のよはの空こと浦にすむ月は見るとも

（新古今・秋上・400）

35.　**夜未央，浦上行舟，迹杳然。**

辛崎水湾，残月清光。

题为“和歌所歌合咏湖上月明”。此为建仁元年（1201）八月十五夜之作。

志贺辛崎，近江国的歌枕，在琵琶湖（滋贺县中部淡水湖，通大阪湾）的南岸。

夜もすがら浦漕ぐ舟は跡もなし月ぞ残れる志賀の辛崎

（新古今・杂上・1507）

36.　**勿相忘，言犹在耳。约君来，**

唯有秋风，吹我旁侧。

题为“遇难再会之恋情”。为建仁元年（1201）

三月歌合咏作。

被虚言诳骗，只落得与秋风为伴。

忘(わす)れじの言(こと)の葉(は)いかになりにけむ頼(たの)めしくれば秋風(あきかぜ)ぞ吹(ふ)く

（新古今・恋四・1303）

二条院赞岐（二条院赞岐　にじょういんのさぬき）

二条院赞岐，生卒年未详，约卒于建保五年(1217)，约当 76 岁时。源赖政之女。二条院、后鸟羽院中宫任子之女官。家集为《二条院赞岐集》，歌作见于《千载和歌集》。

37.　**海中石，浪来潮去，无干时。**

悲恋泪袖，谁管谁知？

词书为：“以‘石’为题；寄托于海石，咏恋之心。”

海中石与泪袖，二者的共同点皆为不会干。以上句起兴，下句咏唱悲恋，两相映衬。

其父源赖政有歌言：“矶上石，浪盖潮来，盐水满。沉泪之枕，与此相当。”江户学者契冲评二歌道：“女儿得父亲之歌心而咏作之。”（《百人一首改观抄》）

わが袖(そで)は潮干(しおひ)に見(み)えぬ沖(おき)の石(いし)の人(ひと)こそ知(し)らね
乾(かわ)く間(ま)ぞなき

（千载·恋二·760）

38. **生斯世，忧患苦难，何其多。**

杉木之屋，秋雨总落。

词书为：“千五百番歌合上，咏冬之歌。”

千五百番歌合，建仁元年（1201）末至次年春，遵后鸟羽院之命举行的歌合，含有新古今时代的代表性的歌人三十人，评判为后鸟羽院、藤原忠良、藤原定家等十人，是和歌史上规模最大的一次歌合活动，与《新古今集》的撰集编成有重大的关系。

作者当时已年过六十，正度过她自己的出家生活。虽与宫内卿等并称为活跃的著名歌人，但历经事变，如其父源赖政举旗追讨平氏失败而自杀，其兄弟历经波折，自己的孤老悲愁，都集中于雨夜不眠时的咏叹中。

夜（よ）にふるは苦（くる）しきものを槇（まき）の屋（や）に安（やす）くもすぐる初時雨（はつしぐれ）かな

（新古今・冬・590）

源师光（源师光　みなもとのもろみつ）

源师光，生卒年未详，于建仁三年（1203）时七十多岁仍在世。大纳言源师赖之子。正五位下右京权大夫，出家后号生莲。家集为《师光集》，歌作见于《千载和歌集》。

39.　**空幻人，住居之所，植樱花。**

一旦花谢，哀叹有加。

词书为：“花之歌中作。”

以空寂之意为中心，以厌世之人的情怀表达为主线，作者并以此为自己的代称，为官场不遇之人表达心声。

“空寂”，为中世社会思潮和核心艺术观念。表达人生虚幻的观念支配下的哀伤感和无奈感。艺术情调上有静寂和超然的趣味。

わび人(ひと)の宿(やど)には植(う)えじさくら花散(はなち)れば嘆(なげ)きの数(すう)まさりけり

（续后撰·春下；集成·P255）

寂莲（寂莲 じゃくねん）

寂莲，保延五年至建仁二年（1139—1202），为藤原家族僧俊海之子，藤原俊成之义子。俗名定长，从五位上中务少将，称为少辅入道。“住吉社歌合”“六百番歌合”等人多歌合的参著者。虽为《新古今和歌集》的编撰者，而其事未就已逝世。家集为《寂莲法师集》，歌作既见于《千载和歌集》，《新古今集》亦收录其歌达 34 首之多。

40. **何可谓，幽寂意境？可试看：**

杉槐之林，夕暮秋景。

“无题”之一首。

是为建久二年（1191）闰十二月，于左大臣藤原实房处十题百首中之作。与西行、定家之相关二首，合称为“三夕”之歌。本首写秋山暮色涌起，无红叶之时，光彩全无，唯有幽寂之感油然而生。另二首，西行（本书歌 4）、定家（本书歌 110）为：

无世情，心中却生，感物叹。鹬飞水

泽，秋暮愁长。

视界中，樱花杳然，红叶无。暮色秋风，浦上茅屋。

さびしさはその色(いろ)としもなかりけり真木立(まきた)つ山(やま)の秋(あき)の夕暮(ゆうぐ)れ

（新古今·秋上·361）

41. **正此时，北归之雁，声寂寥。**

月影在空，曙色迢遥。

词书为："摄政太政大臣（藤原良经）家百首歌合时作。"其题为"春之曙，蒙蒙月"，时在建久四年（1193）。

写月色朦胧时，北雁归飞鸣啼的情景。啼雁，含惜别之情。

歌合的判词为：两歌"皆优美之作，难以遽定"。

今(いま)はとてたのむの雁(かり)もうちわびぬおぼろ月夜(づきよる)

の曙(あけぼの)の空(そら)

（新古今・春上・58）

42. **晚雨降，杉树叶上，雨未干。**

深秋雾起，四下漫漫。

词书为：“五十首歌咏作。”

时在建仁元年（1201）“少长五十首歌合”时作，本首与越前之作捉对作赛，得胜。

写深山雨后夕暮之景色。定家之《三五记》举以为“见样体”，即“所见”“即目”，对景描绘之作。

むらさめの露(つゆ)もまだひぬ真木(まき)の葉(は)に霧立(きりた)ち上(のぼ)る

秋(あき)の夕暮(ゆうぐ)れ

（新古今・秋下・491）

43. **春渐老，春归何处，谁知晓？**

宇治川上，柴船夕照。

词书为：“五十首歌咏作。”时间、歌合同上一首。

这是中日诗歌中都常见的春将尽而惜春的感叹。“柴船”，是堆积着柴草的船只，似乎是春光也随其离开了。

暮(く)れて行(ゆ)く春(はる)の湊(みなと)は知(し)らねども霞(かすみ)におつる宇治(うじ)の柴船(しばぶね)

（新古今・春下・169）

44. **葛城山，高间樱花，正开放。**

立田山隩，花云回翔。

词书为：“于和歌所咏作春之歌。”时在建仁二年（1202）三月，和歌所之三体和歌会上。

描绘远山的樱花宛如峰间的白云。

和歌所，为此前一年七月仙洞御所（当时的二条殿）开设的歌会。高间，为大和国的歌枕，是葛城山的最高峰金刚山的古名，在立田山之南。

葛城(かずらき)や高間(たかま)の桜(さくら)さきにけり立田(たつた)のおくにかかる白雲(しろくも)

（新古今・春上・87）

45.　人言道，袖笼萤虫，知恋思。

若为悲恋，谁能告之?

词书为：“藤原良经家歌合，咏夏时之恋。”时在正治二年（1200）闰二月一日。

萤火恋思之本事，见《大和物语》40，式部卿亲王与桂皇女相恋，令宫女袖包萤虫并咏歌明心迹。能表明的是爱恋之心的炽烈。

设若失恋悲情，其悲苦又何能表明！

思(おも)ひあれば袖(そで)に蛍(ほたる)を包(つつ)みても言(い)はばや物(もの)をとふ人(ひと)は無(な)し

（新古今・恋一・1032）

显昭（显昭　けんしょう）

显昭，大治五年至承元三年（1130—1209）。藤原显辅之义子，名法桥，别称亮公。与清辅一起，促进六条家歌学之大成。《今撰集》之编撰者。著有《袖中抄》《古今集注》等书，歌作见于《千载和歌集》。

46.　**高圆萩，尾上宫中，花满袖，**

谁摇长巾，呼应情柔。

词书为：“守法觉亲王歌会，奉咏五十首。”

歌作寓恋情于画面中，于下句末的问语“谁”，表达心仪之所在。

大和国高圆山，其上有圣武天皇的离宫。高圆山为自古以来萩花之名所。

萩(はぎ)が花(はな)ま袖(そで)にかけて高円(たかまど)の尾上(おのえ)の宮(みや)に領巾(ひれ)ふるや誰(だれ)

（新古今·秋上；集成·P257）

藤原季经（藤原季经　ふじわらのすえつね）

藤原季经，天承元年至承久三年（1131—1221）。显辅之子。非参议正三位；和显昭一起，在清辅去世后，支撑着六条藤原家。《一千五百番歌合》的评判人之一，家集为《季经入道集》，歌作见于《千载和歌集》。

47.　**高津宫，怀古幽思，意难平。**

杜宇声声，秋空飞鸣。

词书为：“三井寺歌合，众皆咏故乡之杜鹃。”

时在承安三年（1173）八月十五日，俊成之判词为“可听到物哀之音”。

高津宫，是在难波（今大阪）之离宫。高津之“高”，成为声高的“高”的关联词，日本称之为“挂词”。

いにしへを思(おも)ひ出(い)でてやほととぎす声(こえ)を高津(たかつ)の宮(みや)に鳴(な)くらむ

（季经入道集；集成・P257）

行遍（行遍　ぎょうへん）

行遍，生卒年未详。熊野别当行范之子，母为藤原良赖之女。为西行之随行僧，熊野法桥。歌仅见于《新古今和歌集》。

48.　真奇妙，归途之中，明月隐。
谈及往昔，夜已深静。

有长词书，言访藤原定家问歌道事，翌晨咏赠此歌。

时当在元久元年（1204）六月十五日。或有日本之评说：月入阴云，意含言古而泪下，泪下而迷离。

怪(あや)しくぞ帰(かえ)さは月(つき)の曇(くも)りにしむかし語(がた)りに夜(よ)や深(ふ)けにけむ

（新古今·杂上；集成·P257）

藤原隆信 （藤原隆信　ふじわらのたかのぶ）

藤原隆信，康治元年至元久二年（1142—1205）。为经之子。正四位下右京权大夫。写真画名家。家集为《隆信朝臣集》，作有物语《浮浪》（うきなみ）已散佚，歌作见于《千载和歌集》。

49.　**行旅人，悲苦若何？弄舟人，**

松浦出海，随浪逐波！

词书为:“应守法觉亲王之召，奉作五十首歌。”

据作者的《藤原隆信朝臣集》，有题曰“眺望”，是说在广阔的视界中，看到出行的海船，而想到羁旅之悲辛。

松浦之冲，指筑紫（今大阪府）之松浦潟；其“海船”是去往中国大陆的船舶。谁都不知道从松浦出海的船人的离别是何等的悲伤。

誰としも知らぬ別れの悲しきは松浦の沖を出でづる舟人

（新古今・离别；集成・P257）

藤原隆房（藤原隆房　ふじわらのたかふさ）

藤原隆房，久安四年至承元三年（1148—1209），隆季之子。权大纳言正二位，称为冷泉大纳言。家集为《隆房集》，著有《安元御贺记》，歌作见于《千载和歌集》。

50.　**思难断，四下情满。如盐锅，**

虽靠得近，与恋无关。

《隆房集》中的“艳词”，以歌物语写悲恋，但对恋情的对方并不明言。

《平家物语》的“小督”章，曾以此歌为情节。宫女小督与高仓天皇情好。前大纳言少将以歌挑小督而落空，写了投给小督的就是这首歌。

原文的“陆奥”“千贺”，皆指说出盐之地。“千贺”与“近处”同音（ちか）。

思(おも)ひかね 心(こころ) は空(から)に陸奥(みちのく)の千賀(ちか)の塩釜(しおがま)ちかきかひ無(な)し

（隆房集；集成・P258）

源通亲（源通亲　みなもとのみちちか）

源通亲，久安五年至建仁二年（1149—1202）。久我内大臣雅通之子，母为藤原行兼之女。内大臣正二位，号为土御门内大臣。著有《严岛御幸记》《高仓院升遐记》等。歌作见于《千载和歌集》等。

51.　**朝光露，牧野山下，雾四布。**

宇治川上，呼船摆渡。

“千五百首歌合”中的第 784 轮右方之歌。

被《源氏物语》“桥姬”卷引为薰之歌作，表达一种探寻和期盼的情愫。

朝（あさ）ぼろけ牧野（まきの）を山（やま）は霧（きり）こめて宇治（うじ）の川（かわ）をさ舟（ふね）呼（よ）ばふなり

（玉叶·秋下；集成·P258）

式子内亲王（式子内亲王　しきしないしんのう）

式子内亲王，生卒年未详，或卒于建仁元年（1201）。后白河天皇之第三皇女，母为藤原季成之女成子。第三十一代斋院，亦被称为萱斋院、小斋院。作和歌，师事于藤原俊成。俊成之《古来风体抄》，即为应其请而献进。家集为《式子内亲王集》，歌作见于《千载和歌集》。

52.　**栖深山，春来莫知。松窗外，**

融雪水滴，春已到来。

词书为："奉作百首歌时，咏春之歌。"

并不一定是幽居于深山，而是以一个营构的故事，表明春天到来时的惊喜之情。

松户，或言是以松枝、松板造的窗户，非是；当是青松露于窗户、探入窗户的情景。近之者如"樱户"。

山深(やまふか)み春(はる)とも知(し)らぬ松(まつ)の戸(と)にたえだえかかる雪(ゆき)のたま水(みず)

（新古今・春上・3）

53. **今得见，樱花盛开，轻云盖。**

春霞四布，世景暄妍。

词书为：“奉作百首和歌时咏之。”时在正治二年（1200）白河院首次百首和歌歌合。

从窗中所见所感，有着开朗清新的格调，表现出舒畅欢快的心情。

今(いま)さくら咲(さ)きぬと見(み)えて薄曇(うすぐも)り春(はる)に霞(かす)める世(よ)のけしきかな

（新古今・春上・83）

54. **勿相忘：葵叶结枕，寝原上。**

原野沾露，曙色初降。

词书为：“任职斋院，作于神馆。”

斋院，为贺茂神社神官，由未婚之皇女担任。此歌虽描绘宿于原野，即日本所说的“草枕”（旅宿），其实即为有祭事时，宿于斋院。

葵，各类甚多，日本祭祀时多用为饰，如日本三大祭祀中的“葵祭”时，用双叶葵为头饰。

忘(わす)れめやあふひを草(くさ)に引き結(むす)びかりねの野辺(のべ)の露(つゆ)の曙(あけぼの)

（新古今・夏・182）

55. **近窗处，风弄竹叶，声簌簌。**

好梦本短，难留难驻。

词书为：“奉作百首和歌时咏。”

所写竹喧惊梦，意境当与这样的诗句有关：“风生竹夜窗间卧，月照松时台上行。”（白居易《七言十二句赠驾部吴郎中七兄》，又见日本《和汉朗咏集・夏》）

窓近(まどちか)き竹(たけ)の葉(は)すさぶ風(かぜ)の音(おと)にいとど短(みじか)きう

たた寝(ね)の夢(ゆめ)

（新古今・夏・256）

56. **秋庭中，闲踏梧桐、黄叶行。**

虚步若云，静待知音。

词书为：“百首和歌奉进时咏秋之歌。”时在正治二年（1200）年，白河院初次征百首歌时作。

其本歌当为“秋庭不扫携藤杖，闲踏梧桐黄叶行”。（白居易《晚秋闲居》，又见日本《和汉朗咏集・落叶》）

在闲适、闲寂的氛围中，所等并非情人、恋人，而是知音、知友之类。

桐(きり)の葉(は)も踏(ふ)み分(わ)けがたくなりにけり 必(かなら)ず人(ひと)を待(ま)つとなけれど

（新古今・秋下・534）

57. **玉绦断，我命当绝，亦可断。**

隐忍而活，卑弱何堪？

词书为：“百首歌中咏‘忍恋’。”

忍恋，指压抑而隐藏心中，不为人知、难以言说的深切恋情。或为单相思之恋，或是因外在的种种客观条件所不容，而不可公开之恋情。

本首被认为是忍恋之歌的绝唱。将玉之绦穗以喻人的生命，绦穗可断，人命可终，不可再恋忍心中，做软弱的隐忍。

这是孤独中的灵魂的告白，是作者面前的现实的严峻问题：这就是传言中的，她与藤原定家的动人恋情。虽为传言，也可助于理解此歌。

玉(たま)の緒(お)よ絶(た)えなば絶(た)えねながらへば忍(しの)ぶることの弱(よわ)りもぞする

（新古今·恋一·1034）

58. **难忘怀，日夕苦等，自长叹。**

心藏忍恋，日月空转。

词书亦为：“百首歌中咏‘忍恋’。”与上一首同题。

作者想从痛苦的忍恋中解脱出来，但何可丢开，何可忘却？日夕之际，愁苦叹息，心藏恋情，撑日挨月。

忘(わす)れてはうち嘆(なげ)かるる夕(ゆう)べかなわれのみ知(し)りて過(す)ぐる月日(つきひ)を

（新古今・恋一・1036）

59. **人此生，如待日暮，徒然野。**

草尖露水，山风不歇。

词书为：“百首歌中咏。” 咏无常之心。

徒然野，为京都嵯峨深山处的火葬场。从上句的抒情，转向下句的将其情景化。

暮(く)るるまも待(ま)つべき世(よ)かはあだし野(の)の末葉(すえば)の露(つゆ)に嵐(あらし)立(た)つなり

（新古今・杂下・1847）

慈圆（慈圆　じえん）

慈圆，久寿二年至嘉禄元年（1155—1225）。藤原忠通之子，母为藤原仲光之女。大僧正天台座主、吉水大僧正，谥号慈镇。家集为《拾玉集》《慈镇和尚自歌合》《愚管集》等。歌作见于《千载和歌集》。

60.　**根性浅，叹惋樱谢，忘日课。**

汲水供花，佛事未做。

词书为："百首和歌。"

此为安元元年（1175）慈圆 21 岁时作，时在比睿山无动寺。此寺下临琵琶湖，树绿樱粉，风光美甚。

当樱花凋落之际，不觉沉入惋惜之中，而忘记了每日应做之事：摘青莲为供，汲阿伽井之清水以奉佛前。

语似反躬自省，而实有以爱花为荣之意隐现于字里行间。樒，称为"佛前草"，可代青莲以供佛。

阿伽，水井名。

あさましや散(ち)りゆく花(はな)を惜(お)しむ間(ま)に樒(しきみ)も摘(つ)まず阿伽(あか)も汲(く)まれず

（拾玉·卷一；秀歌·P178）

61.　**严霜下，庭中飘积，红叶满。**

月映其上，银白寒光。

词书为：“日吉百首。”

作者 59 岁时，观照自然之咏，突出绘画的效果，虽红叶堆积，但并不呈现红色，而是因白霜、寒月而现出银白色。

散(ち)り積(つ)もる庭(にわ)の紅葉(もみじ)に霜冴(しもさ)えてあかきは月(つき)の光(ひかり)なりけり

（拾玉·卷四；秀歌·P178）

62. **世纷纷，泪落襟袖，感思多。**

手掬法水，末世坎坷。

词书为：“咏百首和歌。”

建久三年（1192），38 岁时，就任第六十二代天台座主，统率三千余徒众。

又值源平争战，政局动荡，弥陀信仰，末世之说盛行。寺中，修学僧与堂上僧争斗激烈，真是多事之秋，故忧虑满腔。

あはれにも袖(そで)こそ濡(ぬ)るれ手(て)に掬(すく)ふ御法(ごほう)の水(みず)の末(すえ)を思(おも)ふに

（拾玉・卷四；秀歌・P179）

63. **染织物，衣袖高卷，黑指爪。**

竹签挑布，起落上下。

词书为：“咏百首和歌。”

其歌集中咏说民众生活之作，本已不多，这是其中的一首。

描绘的是染布劳作的情景。竹签，是挑着要染的布的竹串子，上下起动，放入染液中。

それもいさ爪に藍しむ物張のしいし取り置くたすき姿よ

（拾玉集・卷四；秀歌・P179）

64. **长忧世，世事令人，泪如雨。**

雨打暗窗，相语往昔。

词书为：“雨中述怀。”

是为承久之乱后，晚年之作。1219 年，三代将军源实朝后、皇室与幕府掌权的北条家族发生战乱。

时局暗云密布，作者忧心于朝廷讨幕之事，以及其后后鸟羽院被流于隐岐岛。慈圆是其护持僧，又是其作歌之亲近者，故悲伤良深。

なれも憂きこの世を思ふ涙かも窓うつ雨よ物語りせよ

（拾玉・卷七；秀歌・P179）

65. **我之恋，青松难被，秋雨染。**

葛原风搅，叶翻恨长。

词书为：“奉百首歌时所咏。”正治二年（1200）后鸟羽院首次征百首歌时之咏。歌意在以两个比喻诉说恋之烦恼。一是以树叶被秋雨染为红叶，喻因恋而生乐趣；青松之叶不可能被染为红叶，指无乐趣可言。第二个比喻是原上的葛叶被风吹而翻出叶背面。叶背，日语为“裏”（恨み），音与“恨”同。

わが恋（こい）は松（まつ）を時雨（しぐれ）の染（そ）めかねて真葛（まくず）が原（はら）に風（かぜ）さわぐなり

（新古今・恋一・1030）

66. **甚冒昧，忧世救民，愿弘法。**

比睿山寺，舍身出家。

“无题”之作，立志弘扬佛法之一首。

表示要以传教大师最澄为榜样，不揣冒昧，出家而弘道布法，救苦海中之众生以入于极乐之境。

原文歌中“我立材木”（我が立つ杣に），有两意，一谓在比睿山延历寺，二谓效法最澄大师。此词句曾被最澄写入歌中，表达建寺传道之意：

菩提境，在山材木，得身奉，佛堂梁栋。求加持中！

（新古今·释教·1920）

おほけなく憂(う)き世(よ)の民(たみ)におほぶかな我(わ)が立(た)つ杣(そま)に墨染(すみぞめ)の袖(そで)

（千载·杂中；集成·P262）

67. 野边露，虽是无色，已零落。袖上红泪，荻风更多。

词书为“水无濑恋十五首歌合”中之一首。与定家、家隆等共作。建仁二年（1202）九月十三日，同题共作。说野露无色，是暗示袖泪之露是有色——红泪。荻，为表现秋风萧瑟、枯寂的意象选择。

原文：荻上风，指吹卷其上叶的风。

野べの露は色もなくてや零れつる袖よりすぐる荻の上風

（新古今·恋五·1338）

68. 心烦闷，无人慰问。仰明月，澄澈清光，舒我愁困。

词书为：“五十首歌中所咏。”建仁二年（1202）二月，后鸟羽院着老少为五十首歌合。

欲诉心中之闷思，见明月而情意澄明。月如显真如之光救我苦闷，实则为时代政治引发的苦闷懊恼。

当其时，朝廷之天皇、上皇多与幕府冲突，多有争战。作者歌人等多倾向于朝廷，愤恨镰仓之犯上，使朝廷不得不“御作乱”（日语词，意思是天皇造反），实在是可叹可笑之政局。

思ふことなど問ふ人のなかるらむ仰げば空に

月(つき)ぞさやけき

（新古今・杂下・1782）

69. **大愿在，暗路暂滞，盼往生。**

高举法灯，普照众人。

词书为："述怀歌之一首。"

原文：暗路，指烦恼无明之暗行。法之灯火，本是佛座前之灯，寓指不灭之法灯。

比睿山中堂常年灯明，作者作为该山之寺（延历寺）之座主，故有以法灯照众之愿。

願(ねが)はくは暫(しば)し闇路(やみじ)にやすらひて掲(かか)げやせまし法(のり)の灯(とも)し火(び)

（新古今・释教・1931）

鸭长明（鴨長明　かものながあきら）

鸭长明，久寿二年至建保四年（1155—1216）。下贺茂神社祢宜长之子。从五位下，通常称为菊大夫、南大夫。法名莲胤。《方丈记》《无名抄》《发心集》的作者。家集为《鸭长明集》，歌作见于《千载和歌集》。

70.　**石见川，水流石上，清水扬。**

明月来驻，澄澈清亮。

词书为：“鸭社歌合，以月为题，众皆咏作。”

此歌并不单纯是写景之作，而是意在赞叹贺茂神社之神德。强调明月之来驻来照，澄澈美好，其意更明。石见川，即贺茂川。

石川(いしかわ)や瀬見(せみ)の小河(こかわ)の清(きよ)ければ月(つき)も流(なが)れをたずねてぞすむ

（新古今・神祇・1894）

71. **整夜间，独山独自，照桧杉。**

叶密阴重，晓月光残。

词书为："和歌所撰歌合，咏深山晓月。"建仁元年（1201）八月十五之作。

月，寓含着"真如之月"的意味，是佛教佛理的象征，对永久不灭的"理"的胜利做出的描绘。但用的是感性的、具象的表现。

评判者俊成认同这一点，言其"根本得宜"，做出很高的评价。

夜(よ)もすがら独(ひと)り深山(みやま)の真木(まき)の葉(は)に曇(くも)るもすめる有明(ありあけ)の月(つき)

（新古今・杂上・1823）

72. **威势赫，摧草凋木，秋霜消。**

墓前苔生，山风哀号。

据《东鉴》载："建历元年（1211）十月，鸭长明去镰仓，见到了幕府将军源实朝，时当初代将军源赖朝的忌日，故往法华堂参诣。感怀旧事而泪下，书此歌于堂柱之上。”

上句写出秋霜虽有摧凋万物之威力，而终会消去。意指源赖朝之死。下句写出其墓茔所在，山风哀号的景况。

草(くさ)も木(き)も靡(なび)きし秋(あき)の霜消(しもき)えて空(むな)しき苔(こけ)を払(ふつ)ふ山風(やまかぜ)

（秀歌・P181）

73. **与秋风，吹凝秋露，不相关。**

泪袖暮秋，我自潸然。

词书为：“秋歌之咏。”宫内卿、西行、式子内亲王，皆有同题之歌，当是同题共作。

露为秋风的关联语（即缘语），此则反其意而用之，谓非关秋风。我泪凝露，湿透衣袖，皆因身在暮秋暮色之中而悲从中来。其先行的本歌为《古今・春下》无名氏之作：

春之来，抑或不来，无关碍。故乡樱花，自能看见。

秋風（あきかぜ）のいたり至（いた）らぬ袖（そで）はあらじただわれからの露（つゆ）の夕暮（ゆうぐ）れ

（新古今・秋上・366）

74. **石濑涌，贺茂川上，清波扬。**

月亦临降，神意清光。

词书为：“鸭社歌合，各咏月之题。”此为源光行所力主的贺茂社歌合。

歌作写了川水之清波，也写了月光之澄明。言所未及，意有所表的是贺茂神的存在。月光飘溢着神意，临栖于此，而使水月澄明。

石川（いしかわ）の瀬見（せみ）の小川（おがわ）の清（きよ）ければ月（つき）もながれを訪（たず）ねてぞすむ

（新古今・神祇・1894）

75. **有则厌，无却慕之。如许事，**

萦身入心，欲得尽知。

《鸭长明集》有其词书为：“咏述怀之心。”此为十一首中之一首。

当为鸭长明二十余岁时之作，进取之激情动摇，欲去除“臆、必、固、我”之不当。思考与自己身心密切相关，事涉爱憎两端之诸多事情的缘由、判断和取舍。

前有西行、和泉式部之歌作，近有父亲之死，自身的环境激变而促成这样的思辨。

あれば厭(いと)ふそむけば慕(した)ふ数(かず)ならぬ身(み)と心(こころ)との

なかぞゆかしき

（玉叶·杂五；集成·P261）

藤原有家（藤原有家　ふじわらのありいえ）

藤原有家，久寿二年至建保四年（1155—1216），藤原重家之子。从三位大藏卿。颇能诗文，《新古今和歌集》之编撰者，歌作见于《千载和歌集》。

76.　**朝日照，娇艳姿容，山之樱。**

远望如雪，坦然平静。

词书为：“千五百番歌合，第221轮左方之歌。”咏高山之樱。

藤原俊成之判词为：“朝日照耀，平静不消。如雪之情状，是为有趣。”

上句写樱花艳丽之状，下句转为见到其坦然如雪之况。歌作之新意在于樱花在日光照射下平静坦然的意态。

朝日かげにはへる山の桜花つれなく消えぬ雪かとぞ見る

（新古今・春上・98）

77.　风中之，芒草梢头，露珠哟。

一夜难存，闪电划过。

词书为：“六百番歌合于摄政大臣（藤原良经）家18轮左之歌。”

俊成判词认为：本首的初句更为新鲜别致。以“吹过”“梢头”见其所处之难。

文中用的电光，是说明暖意之短暂。或说爱情的流逝，或说人生之无常，中世的写景歌中常用之。

風(かぜ)わたる浅茅(あさじ)が末(すえ)の露(つゆ)にだに宿(やど)りも果(は)てぬ宵(よい)の稲妻(いなずま)

（新古今・秋上・377）

78.　高天上，天女夏裙，晾起后。

云空垂下，布引瀑流。

词书为：“最胜四天王院之屏风绘布引瀑流题咏。”后鸟羽院于京都白川建最胜四天王院之屏风绘。

布引瀑，摄津国之歌枕。其瀑高 20 丈、宽 5 丈。倾注石上，如白绢包于岩壁。对其描述又见于《伊势物语》86（译文出版社，丰子恺译本）。

以天女之洗衣晾晒之情景说瀑布，极显浪漫色彩。

久方(ひさかた)の天(あま)つ乙女(おとめ)が夏衣雲居(なつころもくもい)にさらす布引(ぬのひき)の滝(たき)

（新古今・杂中・1653）

藤原公衡（藤原公衡　ふじわらのきんひら）

藤原公衡，保元三年至建久四年（1158—1193）。藤原公能之子，其兄实守之养子。从三位左中将。家集为《三位中将公衡卿集》，歌作见于《千载和歌集》。

79. 当其时，橘花芬芳。伊人事，
昔日所见，枕上梦之。

昔有相好亲和之人，今闻橘花之香，油然怀之，枕上梦之。

《古今和歌集》有无名氏之作，为本首歌作的原型，称为“本歌”：

五月里，橘花开时，总回想。昔日佳人，袖里芬芳。
（古今・夏・139；姜编译《日本中古和歌500首》・歌470）

折(おり)しもあれ花(はな)たちばなの薫(かおる)かな昔(むかし)を見(み)つる

夢(ゆめ)の枕(まくら)に

（千载・夏・175；集成・P262）

80. **终日狩，铺起柴草，卧交野。**

月映淀川，优哉赏月。

词书为：“咏鹰狩之事。”文治三年（1187），殷富门院大辅处歌百首。交野，河内国之歌枕，在今大阪府枚方市。为赏樱与打猎的名所。写出游猎休息时赏月之雅趣。

狩(かり)くらし交野(かたの)のま柴折(しばおり)しきて淀(よど)の川瀬(かわせ)の月(つき)を見(み)るかな

（新古今・冬・688）

建礼门院右京大夫（建礼门院右京大夫　けんれいもんいんうきょうのだいぶ）

建礼门院右京大夫，生卒年未详，约当生于久寿二年（1155）。藤原伊行之女，母为大神基政之女夕雾尼。高仓院中宫建礼门院德子之女官，后仕于后鸟羽院。家集为《建礼门院右京大夫集》，歌作见于《新敕撰和歌集》。

81.　**感物深，心之春色，无缘分。**

为何莺说，来者是春?

词书为：“沉思之中，闻莺声。”作者与平资盛之恋情，当是其沉思之原因。

歌中“心之春”与“心之秋”一样，为歌作所常见。前者关涉生命的复苏、希望、喜悦等，后者显冬枯之色，低沉、感伤之属。

莺被名之为“告春鸟”。本歌乃闻莺之真实咏作。

物思(ものおも)へば心(こころ)の春(はる)も知(し)らぬ身(み)に何(なん)うぐひすの告(つ)げに来(こ)つらむ

（玉叶·杂一·1842；中世·玉叶抄·195；集成·P263）

82. 对星月，眺望久之，忽有感。星空煌煌，赏美兴叹。

词书为：“暗夜之中，星光更见闪亮，如晴空中花光景色。今宵这一发现，真乃有趣难忘。”

据家集，此首作于其恋人平资盛死后之某一时段。夜分所见，适足以转移愁思。

作者还有言：星光如“金银纸箔之光散布空中”，又感似雨雪交下之状。心沉浸于此发现中而生动美之感思。

月(つき)をこそ眺(なが)めなれしか星(ほし)の夜(よ)の深(ふか)きあはれを今宵(こよい)知(し)りぬる

（玉叶·杂二·2159；中世·玉叶抄·228；集成·P264）

83. **树梢头，夕晖褪去，秋雨降。**

沉思之心，亦转阴暗。

词书为：“忧思之中，树梢夕阳光已褪，寂寥感叹中，天色沉暗，秋雨急降。”

把内心感思与天气变化相映衬，是京极派和歌的特色。

歌中写的耽缅其中的是与平资盛的恋情。

夕日(ゆうひ)うつる梢(こずえ)の色(いろ)の時雨(しぐれ)るに心(こころ)もやがてかきくらすかな

（玉叶・恋四・1660；抄・183）

84. **哪个人，何在何想？夜正长。**

我今望月，泪湿袖衫。

词书为：“寿永二年（1183）秋，明月之夜，风轻云淡，伤感远眺，心念都外人（平资盛）而咏作。”

与恋人分别，秋光之中，伤感无依，悲情流泻。

いづくにていかなることを思ひつつこ夜ひの月に袖しほるらん

（玉叶・杂五・2498；抄・268）

85. **今梦境，往昔梦过，试回想。**

无论如何，世如梦幻。

词书为：“建礼门院往大原参诣时，感思成梦，回想而咏之。”

咏作于文治二年（1186）。前一年，作者所仕的建礼门院（平清盛之女，安德天皇之母）于壇浦海难中投海被救起，四月还京，五月出家，到九十月间，入洛北大原之寂光院。

作者往访，有歌三首。感往昔的荣华，今日的衰败，悲伤空幻。

今や夢 昔や夢と辿られていかに思へどうつつとぞなき

（风雅・杂下・1915；抄・190）

藤原家隆（藤原家隆　ふじわらいえたか）

藤原家隆，保元三年至嘉祯三年（1158—1237）。权中纳言隆光之子。从二位宫内卿，亦称其为壬生二品、坊城。《新古今和歌集》之编撰者家集有《壬二集》《玉吟集》，歌作见于《千载和歌集》。

86.　**春霞展，远影朦胧，末松山。**

云横在空，波上曙光。

词书为：“六百番歌合，以春曙为题。”时在建久四年（1193），摄政太政大臣藤原良经家。

末之松山，陆奥国之歌枕。在今宫城县多贺市之南。

写出春之黎明之景象，俊成之判词说：“霞、波、云重叠而成像。”

霞立末(かすみたちすえ)の松山(まつやま)ほのぼのと波(なみ)にはなるる横雲(よこぐも)の空(そら)

（新古今・春上・37）

87. **志贺浦，远岸之处，波浪间。**

破冰而出，残月冻天。

词书为：“摄政太政大臣家歌合，题为湖上冬月。”时在正治二年（1200）。

志贺浦，近江国之歌枕，在琵琶湖之西南部。其本歌为快觉之作。

夜深时，湖畔汀洲，已封冻。志贺远浦，波音正涌。

（后拾遗・冬・419；姜编译《日本中古和歌500首》・歌431）

志賀(しが)の浦(うら)や遠(とお)ざかりゆく波間(なみま)より氷(こおり)て出(で)づる有明(ありあけ)の月(つき)

（新古今・冬・639）

88. **天明后，越山过峰，赶路行。**

此时白云，犹随月影。

词书为：“咏五十首歌时作。”时在建仁元年

（1201）二月。

此歌为行旅空寂之叹。山峰、夜空、明月、白云，都有精神、情感方面的暗喻，指向作者对自己人生、艺术的浪漫的憧憬。

特别本译中，译为“随月影”的原文“末尾”（すえ），表达出一种跟进、追随的意态。

明(あ)けばまた超(こ)ゆべき山(やま)の峰(みね)なれや空(そら)ゆく月(つき)のすえの白雲(しらくも)

（新古今・羁旅・939）

89. **试回想，曾是与谁，有约定。**

昨日山风，吹散流云。

词书为：“千五百番歌合时咏作。”时在建仁二年（1202）前后。

歌之意在于对不践约、爽约之人与事的气愤。以山风吹去绕山之云，来形象地展示“翻手为云覆手雨”的没有信义的恶态。

歌作主体可设定为一个女子，歌意背后暗含的质问、不满、悲伤、无奈，都可想见。

思ひ出でよ誰がかね言のすえならむ昨日の雲のあとの山風

（新古今・恋四・1294）

90. 清风徐，楢小川上，夕阳斜。六月祓禊，知为盛夏。

词书为：“宽喜元年（1229）女御之内屏风，题其六月祓。”

藤原道家之女竴子为后堀河天皇之女御，其内屏风上有六月祓禊之绘。歌为题以配画。

楢（枹树、小橡子树）之小川，为贺茂神社前流的小河，为神社之“御洗手川”，在京都市。

画上为水滨夏景，清风徐来，凉意如秋，唯从其神事祓禊的场景能见出其时为六月之禊。

風(かぜ)**そよぐ楢**(なら)**の小川**(おがわ)**の夕**(ゆう)**ぐれは 禊**(みそぎ)**ぞ夏**(なつ)**のしるしなりけり**

（新敕撰・夏；名典・952）

91. **鹊桥搭，晚霜何处，云中挂。**

山峰雪白，天梯垂下。

词书为："顺德天皇宫内歌坛之'冬题歌合'。"此为一号右胜之歌，时在五年（1217）。

效仿的本歌为被收入《新古今集》冬部・620之大伴家持歌：

鹊桥上，白霜铺满，入冬寒。抬头仰望，长夜未央。

（见姜编译《日本古代和歌400首》・歌298）

内容是出格地以寒霜写七夕的鹊桥，本首歌仿而效之，以白霜铺梯桥，写冬日山峰之况。境相异而意味同：内含对美好爱情的肯定与期盼。

かささぎのわたすやいづこ夕霜(ゆうしも)の雲居(くもい)に白(しろ)き峰(みね)のかけはし

（新敕撰·冬；集成·P265）

92. **惊梦中，似闻未闻，悲切唤。**

荒礁天晓，涌浪拍岸。

词书为：“奉于隐岐岛上的后鸟羽天皇之歌。”家集之杂部纪言：承久三年（1211）七月以后，咏奉于远方歌十首，此是第七首。

承久之乱，后鸟羽院与镰仓幕府间发生战争，幕府将失败的后鸟羽院流放到隐岐岛。

歌作体现出作者对当时政局动乱的倾向：拥帝而反幕府。艺术上，想象丰富，情感真切。

寝(ね)ざきして聞(き)かぬを聞(き)きてわびしきは荒磯(あらいそ)なみの暁(あかつき)の声(こえ)

（壬二集；名典·1987）

藤原良经（藤原良经　ふじわらのよしつね）

藤原良经，嘉应元年至元久三年（1169—1206），九条兼实之子。摄政太政大臣从一位。和歌所主笔，《新古今和歌集》假名序之作者。有日记《殿记》，家集为《秋筱月清集》，歌作见于《千载和歌集》。

93.　**吉野山，花之故乡。花落后，**

空枝梢头，春风怀忧。

写樱花凋谢后的冷寂之况，感叹良深。

藤原俊成的判词为：“不经意间，成如斯句；移诗之笔调成歌，可珍可喜。”（《六百番歌合》判词）对其下句，尤为褒赏。

《后鸟羽院口传》：“故摄政（指作者）卓然之气在胸，意达诸方。”认为不仅有情思之魅力，且格调高卓开阔。

<ruby>吉野山花<rt>よしのやまはな</rt></ruby>の<ruby>古里<rt>ふるさと</rt></ruby>あと<ruby>絶<rt>た</rt></ruby>えて<ruby>空<rt>むな</rt></ruby>しき<ruby>枝<rt>えだ</rt></ruby>に<ruby>春風<rt>はるかぜ</rt></ruby>ぞ<ruby>吹<rt>ふ</rt></ruby>く

（秀歌・P181）

94. **黄昏时，菖蒲香湿，杜鹃唱。**

娇音婉转，晚雨犹降。

词书为：“众皆咏作五首和歌，此为咏夏之歌。”

微暗之景致，香气与湿润相共（写嗅觉与触觉），杜鹃鸣啭（听觉），晚雨正下着（视觉与触觉），中心意味是生动感官的香气。

较之《古今集》中的无名氏之作（见姜编译《日本中古和歌500首》歌475）：

五月间，菖蒲草长，杜鹃唱。事理丢开，恋心绵长。

不仅寄心于恋情，更展开了一个幻想式的美的世界，体现了《新古今》风有代表性的意象。

うちしめり菖蒲(あやめ)ぞかほるほととぎす鳴(な)くや五月(さつき)の雨(あめ)の夕暮(ゆうぐ)れ

（新古今・夏・220）

95. **暗恨声，荒村月下，砧杵悲。**

浅茅萋萋，捣衣何为?

词书为：“和歌所歌合，咏月下捣衣。”时在建仁元年（1201）八月十五日。

意味颇同于白居易《闻夜砧》：“谁家思妇秋捣帛，月苦风凄砧杵悲。八月九月正夜长，千声万声无了时。”

判者俊成评曰：“极为得当。”野州之《闻书》言：“心幽玄以出物哀之歌。”极说明其深切哀怨的情调特质。

里(さと)はあれて月(つき)やあらぬと恨(うら)みてもたれ浅茅生(あさじう)に衣(ころも) うつらむ

（新古今・秋下・478）

96. **吉野山，红霞铺满，山与乡。**

雪中故京，春已临降。

词书为：“咏立春之心（立春感怀）。”

其本歌是壬生忠岑的歌：“历书上，方言立春。吉野山，今晨已见，春霞轻展。”（古今·春上·1；姜编译《日本中古和歌500首》·歌140）

积雪覆盖的吉野山，已得霞光铺满。由此推知春天到来的明媚美好。由景象做出推想，山与乡都在春霞之中，且这是一个古老、悠久、古雅之地。吉野，是古都之所在，大和国的歌枕。

原文第四句的“降（雪）”与“古老”同音，皆是“ふる”，以为挂词，引动联想。歌作明快而清新。

み吉野（よしの）は山（やま）もかすみて白雪（しろゆき）のふりにし里（さと）に春（はる）は来（き）にけり

（新古今·春上·1 ）

97.　春意在，高天之上。霞未见，阴云孕雪，月影犹暗。

词书为：“在家中之百首歌合会上，咏余寒之心。”作者当时为左大将。

天上人间景象之不同。春在天上，人世未见霞光，而是阴霾四合，将要下雪的样子。月隐云中，混混蒙蒙。

空はなほかすみもやらず風さえて雪げにくもる春の夜の月

（新古今・春上・23）

98. **促织唱，霜夜展衣，短席寒。**

独卧影单，秋夜正长。

词书为：“奉作百首和歌时咏作。”为正治二年（1200）后鸟羽院初度百首之一。

其本歌为：“独展衣，无人与共，今宵席。长守长待，宇治桥姬。”（无名氏・古今・恋四・689）又为：“山逶迤，山鸡尾羽，垂垂长。一人独寝，长夜未央。”（柿本人麻吕・拾遗・恋三）

本首歌中，霜夜悲秋，并非定是恋情悲叹，唯意在咏秋，言外之意，也包含着其本歌的秋夜长之叹。

きりきりす鳴(な)くや霜夜(しもよ)のさむしろに 衣(ころも) かたしき独(ひと)りかも寝(ね)む

（新古今・秋下・518）

99. **几夜间，浪溅衣裳，贵船川。**

袖满泪珠，悲催魄散。

词书为：“于家作百首歌合时，咏祈恋之心。”

贵船川，源自洛北山中，流过贵船神社，注入贺茂川。渡此川，意在向其神祈求得到美好恋情。下半首（下句），表达不能如愿则伤心欲绝之情状。

原文中，“珠泪”与“魂魄”同音（たま），而语意双关。

いく夜(よ)われ浪(なみ)にしほれて貴船川(きふねがわ)そでにたまちるもの思(おも)ふらむ

（新古今・恋三・1141）

100. **天之窗，开启天窗，云消散。**

神月在空，遗影天上。

词书为："春日社歌合，咏晓月之心。"元久元年（1204）十一月十日，和歌所春日社歌合时作。

"天之户"，出自《古事记》的神话故事：天照大神隐入"天之岩户"（岩石天窗）。这里指云彩开处，露出月光之处。

春日社所祭之神，乃是被附会为藤原氏之远祖的天儿屋根命。歌之措句，也隐含对远祖神性的追怀与瞻望之心。

天(あま)の戸(と)をおしあけがたの雲間(くもま)より神代(かみよ)の月(つき)の影(かげ)ぞのこわる

（新古今·杂上·1547）

101. **无人住，不破关屋，窗板破。**

荒凉关隘，秋风空过。

词书为："和歌所歌合，咏关路秋风。"时在建仁元年（1201）八月三日和歌所影供歌合。不破关，在岐阜县不破郡，为上古三关之一。其在延历八年（789）已被废止。本首歌所咏述到的是一种历史感。

人住(ひとす)まぬ不破(ふわ)の関屋(せきや)の板(いた)びさし荒(あ)れにしのちはただ秋(あき)の風(かぜ)

（新古今·杂中·1601）

102. **云消散，千里之外，满空寒。**

秋月铺地，如雪茫茫。

建久元年（1190）九月，“花月百首”之一。

千里外，是作者喜用的一个词语，如其还有歌为：“远眺望，心曲之中，求索忙。千里之外，雪原曙光。”（《女御内室之月次屏风》）

秋月白雪，是一个有创意的词语。李白有“床前明月光，疑是地上霜”之句，而诗中尚未见把月光与雪相联系的词句，且本首歌中，用了“埋月成雪”的建构，实为新异。

雲きゆる千里のほかに空冴えて月より埋む秋の
白雪

（秋筱月清集；集成・P272）

藤原定家（藤原定家　ふじわらのさだいえ）

藤原定家，应保二年至仁治二年（1162—1241）。藤原俊成之子，母为藤原亲忠之女加贺。权中纳言正二位。《新古今和歌集》《新敕撰和歌集》的编撰者。家集为《拾遗愚草》，有歌论书《近代秀歌》。歌作亦见于《千载和歌集》。

103.　粉樱落，吹花春风，无踪影。

访客唯见，雪满中庭。

词书为：“千五百番歌合时作。”时在建仁二年（1202）。樱花色，本春风染成，樱花落，亦春风造成。春风无迹谁知，唯见雪铺中庭。上句惜樱，下句“赏雪”。不说落樱令人惊心与伤怀，而说落花之艳丽优美。定家之理想，“根本之姿”有四体。此即为“丽样体”，也即“妖艳”（中文意为“华艳迷人”）之美。

さくら色(いろ)の庭(にわ)の春風(はるかぜ)あともなし訪(と)わばぞ人(ひと)の雪(ゆき)とだに見(み)む

（新古今・春下・134）

104.　**寝席短，秋风吹空，秋夜长。**

宇治桥姬，月影孤寒。

“无题”之一首。

用了多个“挂词”——同音双关语：“短席”与“寒”（さむしろ）、“秋”与“厌”（あき）、“风吹”与“夜深”（ふけて）。

宇治桥姬，见《桥姬物语》，为桥之女神，喻妻子、情人。

织入了神女意象，更体现出崭新的风月意味，艳冶风情，是其所谓的“浓样”。

さむしろや待(ま)つ夜(よ)の秋(あき)の風(かぜ)ふけて月(つき)をかたしく宇治(うじ)の橋姫(はしひめ)

（新古今・秋上・420）

105.　**似长现，红浪泉川，总可见。**

柞林叶红，山风吹遍。

词书为：“六百番歌合作。”虽“无题”，而聚焦于“泉川”与“柞林”。二者皆山城国的歌枕。山城国，畿内五国之一，在现京都市南部。

此“六百番歌合”，兴于建久四年（1193），左大将良经主持，俊成为评判人，良经、定家、显昭、寂莲等当时一流歌人十二人参加。分为左右两方，每人百题百咏，每方六百首，故称。其为“新古今调”的母体。

俊成评此歌：“可谓‘姿’优。”意思是形象生动完美。红浪，指红叶映水。柞叶为红叶之首，似乎四季皆有，故谓“长现”。眼中所有，心中所思，平实写出，不求雕琢，是为“见样”。

時(とき)わかぬ浪(なみ)さへ色(いろ)にいづみ川(がわ)ははその林(もり)に

嵐(あらし) ふくらし

（新古今・秋下・530）

106. 风翻袖，旅途梦思，化为空。

向都恋想，断于浦风。

词书为：“于和歌所各有所作，咏旅恋之歌。”

时为建仁二年（1202）三月二十二，三体歌会上作“旅恋之歌二首”，此其二。

特咏“艳”之歌，以风为破梦之物。风送恋思，风惊恋思。行往近海之处，惊梦之旅。恋人当在都中，故恋思也向着此方向。浦风，为海边吹来之风。

袖(そで)に吹(ふ)けさぞな旅寝(たびね)の夢(ゆめ)も見(み)じ思(おも)ふ方(かた)よりかよふ浦風(うらかぜ)

（新古今・羁旅・980）

107. **白栲袖，别时滴泪，染成红。**

愁怨沁人，更有秋风。

词书为：“水无濑恋十五首歌合，题为‘风以寄恋’。”时在建仁二年（1202）九月十三日。是为后鸟羽院主持之歌合。此歌得置之卷首。

白栲，以栲树纤维织就，漂为白布。原文秋露之色，意为啼血红泪之悲。秋风到处，秋露零溥。语意近于“野有蔓草，零露溥兮。有美一人，清扬婉兮”。（《郑风・野有蔓草》）

白(しろ)たへの袖(そで)の別(わか)れに露落(つゆお)ちて見(み)にしむ色(いろ)の

秋風(あきかぜ)ぞ吹(ふ)く

（新古今·恋五·1336）

108.　**春宵短，梦如浮桥，中路断。**

朝云别峰，摇漾在空。

词书为："守觉法亲王咏五十首歌时作。"

春梦为男女相会艳丽之梦。以浮桥断喻说好梦消逝，暗含春宵苦短，欢会难久之意。以朝云别峰喻说情人的离别，很是形象生动。

"梦浮桥"是《源氏物语》之末卷标题，暗含美眷难久意；"朝云"（原文"横云"，意即朝云），用宋玉《高唐赋》朝云暮雨意，说情人之往来。都使歌作有更深的文化意味。

本歌体现了《新古今集》的和歌理念：幽玄与妖艳——深远、神秘、华美。

春(はる)の夜(よ)の夢(ゆめ)の浮橋(うきはし)とだえして峰(みね)にわかるる

よこぐも　そら
横雲の空

（新古今·春上·38）

109. **高天上，梅花香阵，如霞漫。**

了无暮云，春夜月明。

词书同上首为："守觉法亲王家五十首歌时咏作。"

其本歌是大江千里围绕白诗之句："不明不暗胧胧月"而作成的歌作：

非朗照，亦无云遮，月朦胧。春之月夜，美景无双。

（新古今·春上·55）

富于想象的歌作，把梅之香、霞空染、月朦胧联组在一起，超越时空，贯通感觉。黄昏直连月夜，嗅觉、视觉成通感，暖色调之霞光，与冷色调的月光共美。

おおぞら　うめ　かすくも　はる
大空は梅のにほひに霞みつつ曇りもはてぬ春
よ　つき
の夜の月

（新古今・春上・40）

110. **视界中，樱花杳然，红叶无。**

暮色秋风，浦上茅屋。

词书为：“西行法师劝作百首歌时咏之。”题亦为“二见浦”。

歌文虽言樱花、红叶皆无，而实际表现出存在于期盼的想象中，也唤醒读者的意念与意象。

由此映衬着下句展开的暮秋茅屋的幽玄昏暗、空寂清枯的境界，把明丽植入低沉，让想象照亮现实。幽玄、妖艳，情味出色！

本首与收入《新古今集》的上二首（寂莲的“杉林夕暮”本书歌 40，西行的“鹬鸣水泽”本书歌 4），成为有名的“三夕之歌”。

みわた　はな　もみじ　うら　とまや　あき
見渡せは花も紅葉もなかりけり浦の苫屋の秋の

夕暮(ゆうぐ)れ

（新古今・秋上・363）

111. **驻马时，振袖拂之，去凝寒。**

佐野渡头，暮雪迷漫。

词书为：“奉百首歌时咏作。”时在正治二年（1200），后鸟羽院初度着咏百首歌。

写行旅之劳，雪中投宿之难。佐野渡，纪伊国（和歌山县）之歌枕。其本歌为：

神之崎，狭野渡头，家难觅。苦雨不断，行旅悲凄。

（万叶・三・265；姜编译《日本古代和歌400首》・歌169）

相较之，本首歌的雪降不断，银白一片，更有绘画之美和浪漫情调。

駒(こま)とめて袖(そで)うち払(ばら)ふかげもなし佐野(さの)のわたりの

ゆき　ゆう
雪の夕ぐれ

（新古今・冬・671）

112.　**母逝矣，庭露泪珠，瞬时崩。**

念想深切，故宅秋风。

词书为：“母丧之秋，大风之日，回归故居时咏作。”

定家之母美福门院加贺，卒于建久四年（1193）二月。之后定家长久生病，此歌作于五条邸。

《正彻物语》中写道：“定家谓：低眉索句时，若吟白氏文集之‘故乡有母秋风泪，旅馆无人暮雨魂’，常心恸神驰，作得好歌。”

查之，此联诗非白居易作，而是源为宽作，见《新撰朗咏集·杂部》。白氏写有乐府诗《母别子》，写征人母子离别，有“使我母子生别离。不如林中乌与鹊”等句。本歌念母悲情，与景融浑，更有一种汉诗的深沉情调。

たま　つゆ　なみだ　な　ひとこ　やど
玉ゆらの露も涙もとどまらず亡き人恋ふる宿

の秋風（あきかぜ）

（新古今・哀伤・788）

113.　秋风劲，风卷衣袖，旅途遥。

日暮寂寥，山间栈道。

词书为："咏行旅之歌。"建久七年（1196）九月，于后京极良经邸咏百二十四首和歌中之一首。

原文末的"梯"（かけはし），即为山间栈道。其情景建构是与《长恨歌》之"黄埃散漫风萧索，云栈萦纡登剑阁。峨眉山下少人行，旌旗无光日色薄"有联想与同构。

旅人（たびひと）の袖吹（そでふ）きからす秋風（あきかぜ）に夕日（ゆうひ）さびしき山（やま）のかけはし

（新古今・羁旅・953）

114. **初濑山，经年祈愿，爱难圆。**

晚钟空响，与己无关。

“无题”之恋歌一首。表达经年祈盼之恋情归于失败的失落感。

初濑山，为大和国的歌枕，在今奈良县。其山的长谷寺有观音像，被认为是祈愿恋爱的灵物。

晚钟，本是赶赴与情人相会的时辰标志，今已成了别人的事情，与己无关。心灰意冷之至。

年(とし)も経(へ)ぬ祈(いの)る契(ちぎ)りは初瀬山(はつせやま)おのへの鐘(かね)のよそ

の夕(ゆう)ぐれ

（新古今・恋二・1142）

115. **晓月寒，照他别处，欢会归；**

照我终夜，独伴空帏。

“无题”之恋歌一首。为文治三年（1187）冬“闲居百首”之一。

托言失恋女子而作歌，将抛开自己而别寻欢情的男子趁晓月而归，与自己彻夜苦等、独对寒月做对比，表达出伤痛难言之情。

帰(かえ)るさの物(もの)とや人(ひと)のながむらん待(ま)つ夜(よ)ながらの有明(ありあけ)の月(つき)

（新古今・恋三・ 1206）

116. **共寝时，抚其黑发，丝缕清。**
独卧细细，想其神情。

“无题”之恋歌一首。其本歌为和泉式部歌：

> 不自知，黑发纷乱，草草卧。抚我发者，与我心合。
>
> （后拾遗・恋三・755；姜编译《日本中古和歌500首》・歌271）

以相卧抚理对方头发表现恋情之深。而本首歌写事后的甜美回想，而暗含此情此景难再遇的失落感。

两歌皆不直接写出主观心情的词句，而只写动作和感觉。以感觉化的体现，见出深切的情感。

かきやりしその黒髪(くろかみ)のすぢごとにうちふすほど

は面影(おもかげ)ぞ立(た)つ

（新古今・恋五・1390）

117.　**松帆浦，人等不来，风信杳。**

烧藻熬盐，等郎心焦。

词书为:“建保四年（1216）闰四月宫内歌合。”

以苦等恋人而不见写恋心焦灼。以海藻烧盐之火喻说此种焦灼。松帆浦，为淡路岛之名所。以其首音“松”与等待的“等”同音（まつ），作为关联引发词，即“挂词”。

歌中之“身”有两意：一是海藻被烧煮，二是抒情主人公自身的焦灼。

来(こ)ぬ人(ひと)を松帆(まつほ)の浦(うら)の夕凪(ゆうなぎ)に焼(や)くや藻塩(もしお)の身(み)も

こがれてつつ

（新敕撰・恋三；集成・P268）

118. **行路难，牛自停步，风中喘。**

黄尘热夏，车无阴凉。

词书为:“夏歌之一首。”时在建久七年(1196)，定家 35 岁时咏作。

写夏日乘牛车之苦热与风尘，其寓意不可明，似对官人生活的一种自嘲。

行(い)きなやむ牛(うし)の歩(あゆ)みに立(た)つ塵(ちり)の風(かぜ)さへ熱(あつ)き夏(なつ)の小車(おぐるま)

(玉叶・夏・407；中世・玉叶抄・59；名典・2695)

119. **卿云烂，升于天南，纠缦缦。**

红日普照，高天之上。

“无题”之歌。

上句受陶渊明《四时》诗“夏云多奇峰”的影响而成。南，为夏的方位。

写农历六月之日照，悬于高空，无远不达。歌作似无其他深意。

立(た)ち上(のぼ)り南(みなみ)のはてに雲(くも)はあれど照(て)る日(ひ)くまなきころの大空(おおぞら)

（玉叶・夏・417；中世・玉叶抄・63；集成・P269）

120. 世多伪，天心坦荡，时雨降。十月入冬，雨犹泱泱。

词书为：“言时雨知时之心。”

安贞十年（1228）作于“私家”（即定家本人家中）歌会，定家是年 67 岁。

歌意实将“伪”（いつはり）与“诚”（まこと）对照。上句虽未直写见诸文字，实含“人世多伪”的指斥。而上天，公正无偏私，入冬而时雨当降则降。

原文中的“神无月”，即指冬十月。

いつはりのなき世(よ)なりけり神無月(かみなづき)たがまことより時雨(しぐれ)そめけむ

（续后拾遗・冬；集成・P269）

121. **秋风扫，雾中红叶，见晴光。**

山峰显形，清明岚山。

其收此歌之《拾遗愚草》有词书为：“关白左大臣家百首。”题为“眺望”，时在贞永元年（1222），定家71岁。

所咏岚山，暗含山风之意。藤原公任（966—1041）有歌曰：

岚山晨，山风寒处，红叶飘。无有一人，不着锦袍。

（拾遗・秋・210；姜编译《日本中古和歌500首》・歌307）

本首歌言词意味，皆生新别致。

吹(ふ)きはらふ紅葉(もみじ)のうへの霧晴(きりは)れて峰(みね)たしかなる

あらし山(やま)かな

（拾遗愚草；集成・P269）

源具亲（源具亲　みなもとのともちか）

源具亲，生卒年未详，弘长二年（1262）时犹在世。源师光之子。法名如舜，从四位左近卫少将。和歌所的参与者，家集不存，歌作见于《新古今和歌集》。

122.　**难波湾，云遮雾障，波浪翻。**

晚霞化作，朦胧月光。

难波湾，即今之大阪近海，自古以来为观赏江流入海、芦苇遍布的地方，为有名的歌枕所在。

神秘之海上的朦胧月色，似带着晚霞的余晖，形成美丽如绘画般的景致。这是幻想和想象凝结成的形象。

有评说认为："新古今歌风体现出'在书桌上创作出来的和歌'的特点。"并非是没有道理的。

難波(なにわ)がた霞(かす)まぬ波(なみ)もかすみけりうつるも曇(くも)るおぼろ月夜(づきよ)に

（新古今・春上；集成・P270）

藤原雅经（藤原雅经　ふじわらのまさつね）

藤原雅经，嘉应二年至承久三年（1170—1221）。赖经之子。参议从三位。飞鸟井流蹴鞠之开创者，著有《蹴鞠略记》等书。家集为《明日香井集》，编撰《新古今和歌集》，自己歌作亦见于是集。

123.　**夜深时，秋风吹拂，吉野山。**

遥望故乡，捣衣声寒。

词书为：“咏捣衣之心。”出自建仁二年（1202）八月二十五日咏百首和歌。

歌中的寒，起自听觉印象和感受。捣衣，也是汉诗常写到的情景，显示着征人与思妇间的情感交集。

本首歌虽未说相关的人物，但也内蕴着有关汉诗的形象与情味。

み吉野(よしの)の山(やま)の秋風(あきかぜ)さ夜(よ)ふけてふるさとさむく

衣(ころも) うつなり

（新古今·秋下·483）

124. **空云淌，云中似闻，山风响。**

落叶飘散，葛城峰上。

词书为：“春日社歌合，奉咏落叶之况。”

歌之原文的“正木”（まさき），指常绿灌木或小乔木，可作围篱或观赏。葛，草质藤本植物。葛城山，为奈良金刚山脉的一座山峰。

上句写空中流云，云中似闻风声响。下句一转，思绪驰往葛城山，灌木葛藤，化作红叶随风飘散，不是所见，而是所想、推想的情景。

うつ　くも　あらし　こえ　ち　まさき
移りゆく雲に嵐の声すなり散るか正木の
かつらぎ　やま
葛城の山

（新古今・冬・561）

125. **月影在，露珠之上，今何往？**

霜漫应之：浅茅月光。

词书为：“奉咏五十首歌时所咏作。”为建仁元年（1201），有少长共为五十首歌合之会。歌咏的是浅茅之霜映冬月之光的情景。想：月于秋时，将光凝于露珠，而今秋露何在？询之于冬霜：月今何往？答曰：月在浅茅之上。拟人化的：如月影宿于露中，向霜问露之身后事（あと）。浅茅，有色淡、情薄之意。本首歌，歌意摇曳，曲情转折。

影(かげ)とめし露(つゆ)のやどりを思(おも)ひ出(で)て霜(しも)にあと問(と)ふ浅茅生(あさじふ)の月(つき)

（新古今・冬・610）

源通具（源通具　みなもとのみちとも）

源通具，承安元年至嘉禄三年（1171—1227）。土御门内大臣源通亲之子。大纳言正二位，被称为堀河内大臣。和歌所之参与者，《新古今和歌集》的编撰者，家集已不存，歌作见于《拾遗和歌集》。

126.　**此梅花，触谁衣袖，得暗香。**

欲问春月，彼时幽况。

词书为：“千五百首首轮歌合时作。”歌作于建仁十年（1202）。

其本歌为：“较花容，清幽更合，人叹赏。客舍触袖，留此暗香。”（无名氏之作；古今・春上）

虽描写梅花之幽香，但营构了一个美妙的故事：此暗香是一位触碰过梅花的佳人之衣袖所带来，更欲向彼时见证此况的春之明月探询其情状。

梅(うめ)の花(はな)たが袖触(そでふ)れしにほひぞと春(はる)や昔(むかし)の月(つき)に問(と)はばや

（新古今・春上・46）

127.　秋夜长，凝于露中，月光亮。

荻叶风吹，送之袖上。

词书为："无题。"藤原定家对此歌有记为："通具、俊成之女五十番歌合。"其为第 34 轮之左歌。

原文之"月宿露中"，是通篇之眼目之所在。秋夜，露落我袖则甚见空寂。

虽未明言，此亦似我之泪珠。露、泪浑然，成哀艳之歌境。

<ruby>秋<rt>あき</rt></ruby>の<ruby>夜<rt>よ</rt></ruby>は<ruby>宿<rt>やど</rt></ruby>かる<ruby>月<rt>つき</rt></ruby>も<ruby>露<rt>つゆ</rt></ruby>ながら<ruby>袖<rt>そで</rt></ruby>に<ruby>吹<rt>ふ</rt></ruby>きこす<ruby>荻<rt>おぎ</rt></ruby>のうは<ruby>風<rt>ふう</rt></ruby>

（新古今・秋上・424）

藤原公经（藤原公经　ふじわらのきんつね）

藤原公经，承安元年至宽元二年（1171—1244），内大臣实宗之子，藤原定家之弟，太政大臣从一位，西园寺家的祖上，称一条入道大相国。歌作见于《新古今和歌集》。

128.　**山风旋，吹得落樱，满中庭。**

白雪飘降，盈我身上。

词书为：“咏落花。”入选《小仓百人一首》。

上句写飘旋飞舞的落樱，形成绚烂华丽的色彩画面。下句虽也华美，但包含的是叹老嗟衰的内心感受——虽写的是白雪落己身上，内蕴的是白头如雪的悲伤。

原文中的“雪降”音同于“老去”（ふりゆく）有双关的意味。

花誘(はなさそ)ふ嵐(あらし)の庭(にわ)の雪(ゆき)ならで降(ふ)りゆくものはわが身(み)なりけり

（新敕撰・杂一；集成・P273）

惟明亲王（惟明亲王　これあきらしんのう）

惟明亲王，治承三年至承久三年（1179—1221）。高仓天皇之第三皇子，母为宫内大辅平义范之女少将局。三品亲王。《正治初度百首》《千五百番歌合》之作者，歌作亦见于《新古今和歌集》。

129. **莺冰泪，冰霜消解，在今朝。**

虽在古巢，莺喜春到。

词书为："奉作百首歌时作。"

歌意所咏在于立春时的喜意，借莺泪之冰淋消解，想象其领悟春来的心态，来表现自己的感受。

《古今和歌集·春上·4》藤原高子之歌，为其本歌：

飞雪中，春风已送，春水融。莺泪莺鸣，皆已解冻。

（见姜编译《日本中古和歌500首》·歌46）

鶯（うぐいす）の涙（なみだ）のつららうちとけて古巣（ふるす）ながらや春（はる）を知（し）るらむ

（亲古今・春上；集成・P274）

后鸟羽天皇（后鸟羽天皇　ごとばてんのう）

后鸟羽天皇，治承四年至延应元年（1180—1239）。高仓天皇之第四皇子，母为藤原信隆之女七条院殖子。第八十二代天皇，讳尊成。家集为《后鸟羽院御口传》，敕命撰进《新古今和歌集》，其歌作亦见于是集。

130.　**隐约中，春来在空。香具山，**

天之所赐，霞光铺满。

词书为："初春之歌。"元久二年（1205）三月"日吉三十首御会"春六首中之第二首。

天香具山，在奈良县樱井市。写春霞轻展之情态，拟人化的"春"悄然到来。

其本歌当是：

高远的，天香具山，红云照。晚霞平铺，春已来到。

（柿本人麻吕・万叶・十・1812；姜编译《日本古代和歌 400 首》・歌 132）

ほのぼのと春(はる)こそ空(そら)に来(き)にけらし天(あま)の香具山(かぐやま)霞(かす)みたなびく

（新古今・春上・2）

131. **眺望中，春水傍山，春霞展。**

春夕多趣，胜似秋光。

词书为：“殿上人诗、歌合之际，咏水乡春望。”元久二年（1205）六月十五日作于五殿。时有“水乡春望”与“山路秋行”二题，十九位汉诗人、歌人各咏二首。

原文说到的水无濑川，流经大阪府三岛郡，注入淀川。左岸为山地。歌中的水、山，即指此。川之南有水无濑宫，为皇室行宫。

作者作有《新古今和歌集・真名序》，即汉语写的序言，擅长汉文汉诗。歌作亦有大开大合的帝王气象，春秋并说，集其趣于一歌中。

歌作针对清少纳言的“秋日的傍晚最为有雅趣”，而发出感慨。

見渡(みわた)せば山(やま)もと霞(かす)む水無瀬川(みなせがわ)夕(ゆう)べは秋(あき)となに思(おも)ひけむ

（新古今・春上・36）

132. **吉野山，高岭樱花，飘旋散。**

山风雪白，春朝曙光。

词书为：“书于最胜四天王院之障子绘之吉野山景。”时为承元元年（1207）十一月最胜四天王院落成之时。

此堂为后鸟羽院建于白河的庭堂，在今京都市东山区三条白河桥附近。此名所有作者及慈圆、藤原定家、藤原家隆等十位著名歌人的题咏。

作者所咏，入选八首。无色的“山风”，凝成了歌中的“白色”的意象，是此歌的新颖有力的建构。

其本歌似为：

纷飞落，落樱如雪，风亦白。白风吹起，春日曙色。

（藤原显昭・千五百番歌合）

み吉野(よしの)の高嶺(たかね)の桜(さくら)散(ち)りにけりあらしも白(しろ)き春(はる)のあけぼの

（新古今・春下・133）

133. **思念长，经年累月，愿难偿。**

良宵之盼，暮空独望。

词书为：“水无濑钓殿与彼子（指藤原定家）六首歌合时，咏久恋之心。”

后鸟羽自为评判，六首之中，判定家三胜二平一负。院自胜之一首，即为此歌。

对某人，久沉恋想，本望今夕愿望得偿，然又归于落空，只能独对空云。

思(おも)ひつつ経(へ)にける年(とし)のかひやなきただあらましの夕(ゆう)ぐれの空(そら)

（新古今・恋一・1033）

134. **山崎岖，踏开荆棘，坦途出。**

世人知晓，此路可铺。

词书为：“住吉社歌合，咏山寓意。”是为承元二年（1208）五月举行的歌合。

后鸟羽院表达对时局的意向，立意改变朝廷衰微而幕府擅权的局势。此歌寓含的正是这种心愿。

此歌之后 14 年，爆发了所谓“承久之乱”，后鸟羽院策动起兵反抗幕府，形成了奇异的“以上作乱”的局面。但终归于失败，后鸟羽院被流配隐岐岛。

おく山のおどろが下も踏み分けて道ある世ぞと人に知らせむ

（新古今・杂中・1635）

135. **人可怀，人亦可恨，真无趣。**

心念世事，忧思满聚。

词书为：“无题。”在《后鸟羽院御集》中，有词书为：“建历二年（1212）十二月二十首歌会上作。”

院与定家、家隆、秀能等五人各作歌二十首，共百首。院所作为春五首、秋十首、述怀五首。此为述怀之第三首。

时局动荡，爱憎变幻，忧心世事，忧愤不堪。

人(ひと)もおし人(ひと)もうらめし味気(あぢき)なく世(よ)を思(おも)ふゆえに物思(ものおも)ふ身(み)に

（续后撰・杂中；名典・2186）

136. 我成了，隐岐荒岛，守岛人。风涛怒号，悲叹莫闻。

“承久之乱”［承久三年（1222）五月］中起兵失败后，后鸟羽院随即被流放到隐岐岛，到延应元年（1239）六月崩逝，19 年未得回京。

在此期间收所咏歌百首，成“远岛御百首”（收见于军纪物语《增镜》）。

一年到头，波风盈耳，悲情满怀。

われこそは新島守(にいじまもり)よ隠岐(おき)の海(うみ)のあらき

波風(なみかぜ)心(こころ)して吹(ふ)け

（远岛御百首；名典·2972）

后鸟羽院宫内卿（后鸟羽院宮内卿　ごとばいんのくないきょう）

后鸟羽院宫内卿，生卒年未详，或卒于元久年间（1204—1206），年约二十。京权大夫源师光之女。仕于后鸟羽院，活跃于歌坛。歌作见于《新古今和歌集》。

137.　**原野上，春草新绿，见浓淡。**

残雪犹存，雪白闪亮。

此为建仁三年（1203）于“千五百番歌合”中所咏。作者时为十八九岁的年轻人，表现出作歌的才情与机智。

歌中出现了从冬到春季节交替的情景，抓住春草色泽的浓淡斑驳的多样与变化，而给人鲜明的印象。

由于此歌，作者也得到了“嫩草宫内卿”的雅称。

薄(うす)く濃(こ)き野(の)べのみどりの若草(わかくさ)にあとまで見(み)ゆる

雪のむら消え

（新古今・春上・76）

138. **比良山，风诱樱花，水面落。**

船后水花，转瞬逝波。

词书为："奉作五十首歌，咏湖上花。"时在建仁元年（1201）十二月。

比良山，近江国的歌枕，近于琵琶湖之西岸。冬季之末、二月之春，山风吹樱花，落于湖水中。

歌作不仅写其景况，还寓含着人生无常，如落樱、如行船带起的水花，转瞬消逝的感慨。

其本歌为：

以何喻，世之无常？朝发船，船既出港，行踪杳然。

（沙弥满誓・万叶・三・351；姜编译《日本古代和歌 400 首》・歌242）

花さそふ比良の山風吹きにけり漕ぎゆく舟の

跡見(あとみ)ゆるまで

（新古今·春下·128）

139. **可听闻，空中风来，动松声。**

风自会来，君却难等！

词书为，“咏风寄恋。建仁二年（1202）水无濑殿恋歌十五首歌合”时作。此殿为后鸟羽天皇之行宫。

初句是一个倒装句的问话语，意谓：你可听到？你意如何？上空之风，意指恋人来访的音讯。“松声”意谓我等待你的音讯（日语“松”与“等待”同音，皆“まつ”）。

空中风尚且总给松以声，你却为何从无音讯给我？是诘责冷漠男子的女性之歌。译歌之末句，原文未写出，仅做弦外音。

聞(き)くやいかにうはの空(そら)なる風(かぜ)だにもまつに音(おと)する習(なら)ひありとは

（新古今·恋三·1199）

嘉阳门院越前 （嘉阳门院越前　かようもんいんえちぜん）

嘉阳门院越前，生卒年未详，约在建长元年（1249）前后在世。散位大中臣公亲之女，母未详。先后仕于后鸟羽院之生母七条院殖子、其皇女嘉阳门院礼子。歌作见于《新古今和歌集》。

140.　**数夜来，对月眺望，叹且诉。**

伊势海边，敷荻夜宿。

词书为“咏深夜海滨之情思”。乃是于“二条殿新宫歌合咏作”。

上句重在“深夜”，下句重在说“海滨”，都是着意于羁旅思亲的情景的表现。

其本歌应是：

海风秋，伊势海滨，敷荻卧。行旅实难，海边荒漠。

（万叶・四・500；棋檀越之妻作）

よ　　つき　　　　　　　　なが　　　　なみ　おり
いく夜かは月をあわれと眺めきて波に折しく
いせ　はまおぎ
伊勢の浜荻

（新古今・羇旅；集成・P276）

藤原俊成女（藤原俊成女　ふじわらのしゅんぜいのむすめ）

藤原俊成女，承安元年至建长六年（1171—1254），盛赖之女，母为俊成之女八条院三条。出家后称为后越部禅尼。有歌论书《越部禅尼消息》，家集为《俊成卿女集》，歌作见于《新古今和歌集》。（按：此俊成女之歌作，优长在于得其时代“新古今风”之情调，妖艳幽玄，空灵奇绝。然空灵已过，蹈袭又多，韵调雷同，难翻新样。）

141.　**留暗香，梅花香色，自悠长。**

与昔一样，春夜月光。

是为“千五百番歌合·春二”之一首。

曾为作者之夫的源通具有歌（见本书歌 126）与本首歌颇相通，二歌可相并配列。

俊成女既与通具离婚而出仕于后鸟羽院，歌中所言的“昔”，或当即是与通具共处时之事。

梅の花あかぬ色香も昔似て同じ形見の春の夜の月

（新古今・春上・47）

142. **风入房，飞花泪袖，睡半酣。**

香留枕上，春梦犹残。

词书为：“千五百番歌合。”

春夜梦中，风入闺房，梦醒泪袖，飞花香满。

原文连用六个“之”（“の”，仅近似于“之”）字做连接，展开了歌境：一个艳丽梦幻的世界。

風かよふ寝覚めの袖の花の香に薫 枕 の春の夜の夢

（新古今・春下・112）

143. **橘花香，半醒半睡，在近旁。**

梦回昔日，袖里芬芳。

其本歌为：

五月里，橘花开时，总回想。昔日佳人，袖里芬芳。

（无名氏歌・古今・夏・139；姜编译《日本中古和歌500首》・歌470）

橘花香是眼前的现实，昔日佳人的袖中香气，是梦中的情景。橘香触发袖香之想，似睡似醒的“假寝”，是连接二者的桥梁。

美艳梦幻，正是“新古今”歌风的体现。

橘(たちばな)のにほふあたりのうたたねは夢(ゆめ)も昔(むかし)の袖(そで)の香(か)ぞする

（新古今・夏・245）

144. **心火燃，火消烟起，云空断。**

云入天际，心长悲伤。

词书为：“仙洞句题五十首，寄恋于云。”歌中以“思念”引发“火”的意念，二者为同音相关的“缘语”，以下连用“熄”“烟”，升华恋心如火的意象。同时，烟、火，暗示出被思念者为已死去、已火化的逝者，而突出恋的悲情。

下(した)もえに思(おも)ひ消(き)えなむ 煙(けむり) だに跡(あと)なさ雲(くも)のはてぞ悲(かな)しき

（新古今・恋二・1081）

145. **见幻象，霞映月光，宿夜长。**

春同昔日，袖亦泪沾。

词书为：“于水无濑行宫为恋十五首歌合，咏春之恋心。”

立意依傍于在原业平之作：

月又升，春光重满，已非昔。唯我未变，爱心如一。

（古今・恋五・747；姜编译《日本中古和歌500首》・歌41）

歌中霞辉月照，殊非现实情景，是对所恋之人幻影浮现的美化的建构。原文意涉“宿月”（留宿月中）之想，也是同样。昔日泪袖，表现情感的深切久长。

面影(おもかげ)の霞(かす)める月(つき)ぞ宿(やど)りける春(はる)や昔(むかし)の袖(そで)の涙(なみだ)に

（新古今・恋二・1136）

源光行（源光行　みなもとのみつゆき）

源光行，长宽元年至宽元二年（1163—1244）。源光季之子。大监物，在和守，河内权守等，正五位下。研究《源氏物语》，著有《蒙求和歌》《百咏和歌》等，歌作见于《千载和歌集》。

146. **若活着，明日当想：今日事，**

昨日光景，皆成过去。

见于《新敕撰和歌集》杂二以述怀为中心的歌群。面对时光流逝，万物迁贸，而感人世之无常。今、明、昨，皆遂成往昔。

明日(あす)もあらば今日(けふ)をもかく思(おも)ひいでむ昨日(きのう)のくれぞ昔(むかし)なりける

（新敕撰・杂；集成・P278）

源实朝（源実朝　みなもとのさねとも）

源实朝，建久三年至建保七年（1192—1219），征夷大将军源赖朝之子，母为北条政子。右大臣正二位征夷大将军，号为镰仓右大臣，为甥公晓所暗杀。以藤原定家为歌师，初学“新古今”歌调，其后多有开阔雄放之“万叶”风的歌作。家集有《金槐和歌集》，歌作见于《新敕撰和歌集》。

147.　**吉野山，步入山中，成山人。**

愿得饱看，花之轻云。

词书为：“弯弓竞射，入芳野山，咏山人观花之所。”咏歌二首此为其二。吉野山，为京城周边之山，美称其为“芳野山”。

其本歌为：“吉野山，白雪茫茫。往山中，踏雪而入，人迹杳然。”（古今·卷六）本首歌反其意而用之，写入山观花之意。

山人，居住于山中之人。上一首还说到了“山守”，乃是看管山林之人。此首乃是源实朝习歌之作；是正冈子规在《七草集》中新作谣曲《蕣之卷》中，引用实朝《金槐和歌集》之歌六首之一。

文辞虽浅近，而情意真切。就此点说，也已近于“万叶”之情调。

み吉野(よしの)の山(やま)に入(い)りけむ山人(やまひと)となり見(み)てしがな
花(はな)に飽(あ)くやと

（金槐·49）

148. **樱花美，开时似真，落如梦。**
方开春山，随落风中。

词书为：“三月之末，诣胜长寿院，见有僧隐于此山，问其花事，答曰已凋去矣。”歌二首，此其二。同上为子规引用之歌。

胜长寿院，在镰仓将军家庙之菩提寺。把美与空幻连接在一起，是中古以来的日本人生观和文艺理念。

其本歌为：

此人世，如同空幻，樱花放。方见其开，即已飘散。

（古今・卷二）

桜花咲くと見しまに散りにけり夢かうつつか春の山風

（金槐・72）

149. **春来到，白雪消融。樱树下，**

落花白云，如雪融化。

词书为：“花似雪。”歌三首之二。

同上为子规引用之歌。樱花似雪，为常见之比喻，而本首歌把白、白雪、白云联系起来，写出树下落花如白云聚集，如白雪融化的情景。

春は来て雪は消えにし木のもとに白雲花の散り積もるかな

（金槐・84）

150. **此人世，愿其常在，得常看。**

水滨船夫，牵动悲感。

词书为："舟。"同上为子规引用之歌之一首。

见操舟而悲感人世之无常。或有将末一词悲伤"かなしも"解释为"平安""安定"，意为见其操舟而感可求平安，虽亦可通，但略见牵强。

其本歌为：

陆奥呀，知向谁边？苦烧盐。拉舟绳长，苦海无岸。

（古今·卷二十）

世(よ)の中(なか)は常(つね)にもがもな 渚(なぎさ) こぐ海人(あま)のを舟(ふね)の綱手(つなで)かなしも

（金槐·572；新敕撰·羁旅）

151. **人未来，故乡樱花，空盛开。**

春光虚度，直可伤怀。

词书为：“故乡惜花。”歌三首。同上是子规引用的歌作。

其本歌是：

今年春，志贺三月，花盛开。山乡春逝，访客未来。

（后鸟羽院御集・建仁三年三月二十二日三体和歌中作）

本首歌作，立意亦在伤时惜春，但情感真切，有动人之处。

今年(ことし)さへとはれで暮(く)れぬ桜(さくら)花(はな)春(はる)もむなしき名(な)にこそ有(あり)けれ

（金槐・88）

152. **化为泥，无人问津，何所依。**

故乡樱花，春风独倚。

词书同上为：“故乡惜花。”

亦为正冈子规引用入自己新作的谣曲作品中。

其本歌为：

山乡里，春虽来到，人不见。花自空宿，孤独谁怜。

（拾遗·卷十六）

年少之实朝，用心仿作。

散(ち)りぬればとふ人(ひと)もなし故里(ふるさと)は花(はな)を昔(むかし)の主(あるじ)なりけり

（金槐·89）

153. **秋来时，清风吹来，自觉凉。**

山中似闻，远远鸣蝉。

词书为：“闻蝉鸣。”写了立秋之时的季节感。

其中的“不觉”“自觉”，展示出发自内在的感觉和体验。

其本歌为：

不觉间，凉意生出，夏衣单。天近傍晚，小雨犹残。

（新古今・卷三・夏）

吹く風の涼しくもあるかおのづから山の蝉鳴きて秋は来にけり

（金槐・秋・189）

154. **各类兽，不会说话。纵如此，多有怜爱，亲子之思。**

词书为：“咏慈悲之心。”

采用由物及人（兽与人）的唱叹，由小见大（亲子到泛爱）的感慨，表现出慈悲心为普世真切存在。

藤原定家收存本的《金槐集》，在此首的倒数第二句“多有怜爱”（哀れなるかな）后，还多出一个感叹词“呀”（や）以表现强烈的感叹之情！

物いはぬ四方の獣すらだにも哀れなるかな親の子を思ふ

（金槐・杂・705）

155. 诸事象，影映镜中，有耶无？思有则有，觉无则无！

词书为：“大乘作中道观歌。”

大乘教倡言“三观”，其中“中道观”为：有而不偏，空而不偏。

本首歌作即意在阐说此理。虽言影映镜中之事象，但更推崇心灵的感受：觉得有则有之，觉得无则无有。

世の中は鏡に映る影にあれや有るにも有らず

無(な)きにも有(あ)らず

（金槐・杂・653）

156.　**只可见，四下满空，烈焰腾。**

落入地狱，难以身存。

词书为：“思罪业歌。”

阿鼻地狱，又称无间地狱，言无脱身之路，无躲避之处。以烈焰腾空描绘其中的惨烈之状，以求警醒世人，无造业行而落地狱中。

ほのほのみ虚空(こくう)に見(み)てる阿鼻地獄行(あびじごくゆく)へもなしと

言(い)ふも儚(はかな)し

（金槐・杂・652）

157.　**应时雨，下之过量，民叫苦。**

八大龙王，将雨收住！

词书为：“建历元年（1211）七月，洪水漫天，众民愁叹，感思有加，特向本尊神佛，谨致祈愿。”

八大龙王，出自《法华经·序品》之说的难陀、跋难陀等八个主雨事的龙王。

作此歌时，实朝年仅二十，然作为实际的执政者，也代民诉愿，以求淫雨停歇，民难得舒。

時によりすぐれば民の嘆きなり八大竜王雨やめたまへ

（金槐·杂·719）

158. **乌羽玉，如此黑空，重云暗。**

破云传响，鸣雁高翔。

词书为一个字："黑。"虽说"黑"，而意在冲破黑暗。

"乌羽玉"本说乌鸦羽毛、如黑玉之黑，渐成了述说"黑"的一个特定修饰语，即所谓"枕词"。

本首歌先竭力陈说云空之黑暗，再展现雁之飞鸣，有述志、励志之寓意。

其本歌或是：

天云中，重云深处，有神音。般般而来，遥遥可听。

（万叶·十一）

烏羽玉(うばたま)の闇(やみ)のくらきにあま雲(くも)の八重雲(やえぐも)がくれ雁(かり)ぞ鳴(な)くなる

（金槐·杂·705）

159. **红云染，千遍染罢，在山端。**

落日西沉，红光空满。

词书为：“日落山端，见而咏作。”

用印染红色，多次反复，来形容落日时分，空中的色彩，出语朴实而鲜明、开阔。确有“万叶”歌风！

くれなゐ(い)の千入(ちしほ)のまふり山(やま)の端(は)に日(ひ)の入(い)る時(とき)の空(そら)にぞ有(あ)りけり

（金槐·杂·700）

160. **玉饰箱，箱根芦湖，萦心上。**

跨越两地，湖山摇荡。

词书为：“次年再往两地时，见箱根之芦湖而咏作。”

建历三年（1213）事，时实朝二十二岁。两地，指相模、骏河两国。

“玉饰”（玉くしげ）是“箱根”之“箱”的枕词修饰语。“萦心”，用了东国方言“けけれ”。

文面虽说的是湖山的动摇，内含的意思是在“公武”（朝廷与幕府）两方关系上的极度的内心烦恼。

玉(たま)くしげ箱根(はこね)の海(うみ)はけけれあれや二国(ふたこく)にかけて何(な)かにたゆたふ

（金槐・杂・697）

161. **远道来，越过箱根。伊豆海，**

涌起洪波，小岛星罗。

词书为：“参诣箱根之‘权现’（神佛之化身）

后，出箱根，过伊豆山，离其所在而归时之咏作。”时在建历三年（1213），实朝二十二岁。

作为执掌实权的将军，往箱根、伊豆，并非直接拜佛求神，而是拜望其化身（日语所谓“権現”ごんけん）的山水。对山水的咏叹，包含着神圣敬重的念愿。

歌作有开阔的气势，也隐含着某种淡淡的孤独和悲哀感。这正是实朝之作，被认为有“万叶”风的体现。

箱根路(はこねじ)をわれ越(こ)えくれば伊豆(いず)の海(うみ)や沖(おき)の小島(こじま)に波(なみ)の寄(よ)る見(み)ゆ

（金槐・杂・593）

162. **大海上，浪拍礁石，轰然响。**

青波破碎，屑末四散。

词书为：“海波撞击于荒礁之上，见而咏作。”这也是实朝参诣箱根、伊豆之“二所诣”时所作。

从巨响到形态再到无形，激昂、壮烈的情景，似乎也包藏着某种悲剧的意味。

大海(おおうみ)の磯(いそ)もとどろに寄(よ)する波割(なみわ)れて砕(くだ)けてさけて散(ち)るかも

（金槐・杂・696）

163. **那须野，武士射猎，雪霰降。**

落箭囊中，满护腕上。

词书为：“霰。”写出武士冒着雨雪，弯弓骑射的勇武场景。

那须、筱原，皆下野国的地名，为狩猎之名所。

据传说，建久四年（1193，时实朝方只四龄），源赖朝曾射猎于那须野，并将其情景绘于屏风画上。实朝可能是观画而有感。

もののふの矢並(やな)みつくろふ篭手(こて)の上(うえ)に霰(あられ)たばしる那須(なす)の篠原(しのはら)

（金槐・冬・348）

明惠（明惠　みょうえ）

明惠，承安三年至宽喜四年（1173—1232），平重国之子，其伯父为《和歌色叶》之作者上觉，家集为《明惠上人歌集》，歌作见于《新敕撰和歌集》。

164.　**冬之月，出云与我，两相伴。**

风浅撩骨，雪轻送寒。

明惠之作，多与梦之境相关，多反复言说梦的体验。此歌中，月、风、雪，皆似有情人，与我为友为伴。原文的“风”“雪”后，皆着轻感叹词“呀”（“や”），显现亲近之感。

雲(くも)を出(い)でてわれに伴(ともな)う冬(ふゆ)の月(つき)風(かぜ)や身(み)にしむ雪(ゆき)や冷(つめ)たき

（玉叶·冬；集成·P281）

源家长（源家长　みなもとのいえなが）

源家长，生年未详，文历元年（1234）卒。源时长之子。藏人，兵库头，历任备前守、但马守等。至从四位上。开设和歌所，著有《源家长日记》，家集不存。歌作见于《新古今和歌集》。

165.　**秋之月，光影宿于，竹露上。**

小竹叶密，露更零溥。

原文中“篠”为矮竹丛，“笹”为小竹丛，二者并无多大差别。

言月光、露水、小竹融合为一片，表达的是眷恋的情愫。《诗·郑风·野有蔓草》：“野有蔓草，露零溥兮。有美一人，清扬婉兮。”此歌之情调与之相近。

秋(あき)の月(つき)篠(しの)に宿(やど)かる影(かげ)たけて小笹(おざさ)が原(はら)に露深(つゆふ)けにけり

（新古今·秋上；集成·P281）

藤原秀能 （藤原秀能　ふじわらのひでよし）

藤原秀能，元历元年至延应二年（1184—1240），河内守秀宗之子。从五位上防鸭河使判官兼出羽守，承久之乱后出家，号如愿。家集《如愿法师集》，歌作见于《新古今和歌集》。

166.　**难波江，明月初升，潮正满。**

芦苇叶绿，白波涌浪。

词书为：“诗、歌合时咏作，赋水乡春望。”

此在元久二年（1205）六月时之作。难波江，为摄津国的歌枕。

《和汉朗咏集》有句：“芦洲月色随潮满。”此歌为摹写此汉诗之意味。

夕月夜（ゆうつきよ）しほ満（み）ちくらし難波江（なにはえ）の蘆（あし）の若葉（わかは）をこゆる白波（しらなみ）

（新古今・春上・26）

167. 熬藻盐，礁上小屋，总冒烟。

苦恋名显，相思绵绵。

词书为：“咏夕暮之恋思。”为建仁元年（1202）八月之歌合上作。

夕暮为恋人幽会之始，也是可以看到熬盐之烟现出火焰之时。

以藻木薪熬藻盐，有似“燃豆煮豆萁，豆在釜中泣”之意，其名似显，其苦不堪。念思不绝，有如其烟火长燃。

藻塩焼く海士の磯屋のゆふ煙たつ名もくるし思ひ絶えなで

（新古今・恋二・1116）

源通光（源通光　みなもとのみちてる）

源通光，文治三年至宝治二年（1187—1248），土御门内大臣源通亲之子。太政大臣从一位，歌作见于《新古今和歌集》。

168.　**三岛江，严霜未去，芦芽长。**

春风吹过，尖尖角上。

词书与前藤原秀能歌“春上・26”（本书歌166）同。为诗、歌合会上咏水乡春望。

三岛江，亦在摄津国的淀川流域。枯芦本萧条，冬霜似犹存，而芦苇已嫩叶初生，尖尖角露，正是春风拂过，催其生机。

三島江(みしまえ)や霜(しも)もまだひね蘆(あし)の葉(は)につのぐむほどの
春風(はるかぜ)ぞ吹(ふ)く

（新古今・春上・25）

169. **最不堪，信夫山麓，落叶上。**

红泪露重，霜叶色染。

词书仅为“千五百番歌合上咏作”之句，其实咏叹的是“忍恋”，即压抑在心的深切悲苦之恋心。信夫山，信夫，日语与“忍”同音。

文面几一字未说及恋情，实际意在言外。原文只说到“露”“落叶”“色染”，但以露喻泪，更暗寓红泪、啼血之泪的意味。

かぎりあれば信夫(しのぶ)の山(やま)の麓(ふもと)にも落葉(おちば)がうへの露(つゆ)ぞ色(いろ)づく

（新古今・恋二・1095）

藤原知家（藤原知家　ふじわらのともいえ）

藤原知家，寿永元年至正嘉二年（1182—1258），显家之子。正三位，法名运性。著有《运性陈状》，为反御子左派的有力歌人，歌作见于《新古今和歌集》。

170.　**想昔日，高野山上，夜深时。**

曙色远映，澄月追思。

词书为“咏古寺月”。此歌在歌合中咏出后，得到顺德天皇之激赏。

高野山为弘法大师空海开创真言宗之金刚峰寺之所在。首句所说的“昔”，乃弘法大师入定之日；末句说到的“月”，即显示佛法之光的“真如之月”。

借写景而表现出对空海的追思和景仰。

昔思（むかしおも）ふ高野（たかの）の山（やま）の深（ふか）き夜（よ）に暁遠（あかつきとお）く澄（す）める月影（つきかげ）

（续后撰・杂中；集成・P283）

藤原范宗（藤原范宗　ふじわらののりむね）

藤原范宗，承安元年至天富元年（1171—1233），治部少卿基明之子。从三位治部权大辅，中宫亮。家集为《范宗集》，歌作见于《新敕撰和歌集》。

171.　**隔迢遥，有如云间，日与月。**

爱而不见，回转巡天。

词书为“无题”。

从内容揣度，咏说的是恋人间一度春风后，感再度相逢之难。

本首的创新点是：把两人相距之远具象化，如云中的日、月，虽都巡行于天空，而莫能会面。

遥(はる)かなるほどは雲居(くもい)の月日(つきひ)のみ思(おも)はぬなかに行(ゆ)き廻(めぐ)りつつ

（新敕撰・恋五；集成・P283）

藤原信实（藤原信实　ふじわらののぶざね）

藤原信实，治承元年至文永二年（1109—1180），隆信之子。正四位下左京权大夫，中务大辅，法名寂西。作为宫廷画家，以肖像画著称。家集为《信实朝臣集》，著有《今物语》，歌作见于《新敕撰和歌集》。

172.　**物皆悲，思之难绝；世之孽，**
黑暗中报，暮秋垂罩。

词书亦是“无题”。

年近七十的信实对自己老境的咏叹。写日暮时分，以见黑暗之降临；以画家的想象，涌动着对业报的思考。这些都是中世思想情怀的中核。

物（もの）をのみさも思（おも）はするさきの世（よ）の報（むく）いや秋（あき）の夕（ゆう）べなるらむ

（新敕撰・杂二；集成・P283）

平泰时（平泰时　たいらのやすとき）

平泰时，即北条泰时，寿永二年至仁治三年（1183—1242），平义时之子。正四位下武藏守，幕府执政。与明惠、莲生等交往。歌作见于《新敕撰和歌集》。

173.　**世之中，直如麻者，了无迹。**

随心阿曲，乱蓬遍地。

词书题为“世”。

言世之中是非曲直，如“麻”似“蓬”，本来“麻”生而直，“蓬”生而曲。

虽然这只是相对而言。如《荀子·劝学》言：“蓬生麻中，不扶而直。”但作者坚判二者的区别，并认为正直已消弭无迹。

歌作表现廉直之政治家对世态炎凉变化的感慨。

世(よ)の中(なか)に麻(あさ)は跡(あと)なくなりにけり 心(こころ)のままの蓬(よもぎ)のみして

（新敕撰·杂二；集成·P283）

藤原光家（藤原光家　ふじわらのみついえ）

藤原光家，元历元年至天福元年（1184—1233），定家之子。从五位下侍从，法名净照。家集为《净照房集》，《新敕撰和歌集》中未见。

174.　**海风吹，请告都中，我平安。**

已过筑紫，门司之关。

词书为“过门司关”。

是光家于建保元年（1213）出任宇佐使去往九州时的歌作。门司关，位于濑户，是来往筑紫大宰府而过西海的必经门户。过此关者，多生望乡的感慨。

たよりあらば都（みやこ）に告（つ）げや沖津風（おきつかぜ）心（こころ）づくしの

関（せき）も超（こ）えぬと

（净照房集；集成・P284）

藤原为家（藤原为家　ふじわらのためいえ）

藤原为家，建久九年至建治元年（1198—1275），定家之子。正二位民部卿，法名融觉。家集《大纳言为家集》，歌论书《咏歌一体》。《续后撰和歌集》《续古今和歌集》的编撰者，歌作见于《新敕撰和歌集》。

175.　**天向晓，近山樱树，一夜花。**

有如白云，绕挂山崖。

词书为："洞院摄政家百首歌，咏樱花。"贞永元年（1232）在关白藤原教实主持的百首歌合上的咏作。

以"白云"来摹状远望中盛开的樱花，是日本和歌的一个传统技法。

花之一夜尽开，如唐人有句："忽如一夜春风来，千树万树梨花开。"（岑参《白雪歌送武判官归京》）"三春月照千山路，十日花开一夜风。"（温庭筠《春日将欲东归寄新及第苗绅先辈》）

明(あ)けわたる外山(とやま)の桜(さくら)夜(よ)のほどに花咲(はなさ)きぬらしか

かる白雲（しろくも）

（续后撰・春中；集成・P284）

176. **在梦中，昔日所见，在眼前。**

醒来唯感，往事重现。

词书为：“‘弘长百首’之怀旧之歌。”为弘长元年（1216）歌合上之咏作。

往昔的经历，在心中留下深刻的印象，故显现在梦中。体现出怀旧的念愿。

見（み）しことのただ目（め）の前（まえ）におぼゆるは寝覚（ねざ）めのほどの昔（むかし）なりけり

（续拾遗・杂下；集成・P285）

177. **远眺望，浦上沙洲，月色远。**

一松姿影，浑白莫辨。

词书为：“于家中之百首歌作。” 宽喜元年（1229），作者 32 岁时，在自己家中主办的百首歌合上之咏作。

写月光映照沙洲，整个视界中莫不银白一片。歌作的亮点是“松树身影不见”。

唐诗有句：“空里流霜不觉飞，汀上白沙看不见。”（张若虚《春江花月夜》）描绘霜、沙，在月光下纯白一片的情景。本首歌更是把身在立体空间中的松树，与月光同化了。

浦とほき白洲の末の一つ松また影もなく澄める月かな

（玉叶·秋下；集成·P285）

178. **山深处，春风起于，山谷中。**

落花雪笼，天如雾重。

《大纳言为家集》有词书为：“玩赏落花，宽元元年（1243）暮春时，于莲生西山禅室咏之。”

构图宏大，把大自然的美艳动态，做了有一定夸张和想象的描绘。

山深き谷吹きのぼる春風に浮きて天ぎる花の白雪

（玉叶・春下・221；抄・32）

179. **玉津岛，歌神不见，歌之情。**

和歌浦上，风无歌音。

词书为："撰述《新续古今和歌集》时，追加入很多撰集者后，有感而述怀。"

正元元年（1159）三月，后嵯峨天皇命为家撰进此敕撰集，此集于文永二年（1265）十二月方告完成。弘长二年（1262）追命藤原基家、家良、行家、真观加入为撰者。

真观为宗尊亲王之师，所言成权威等事，使为家有失望之情，且此集本已由他一手完成过半。

玉津岛，为纪伊国和歌浦（现属和歌山市）上的一个小岛，其上祀有和歌女神衣通姬。意指有权威的和歌家。在为家作为当时歌坛的指导者的地位摇摇欲坠时，向神咏祷。

玉津島あはれと見ずやわが方に吹き絶えぬべき和歌の浦風

（玉叶・杂五・2536；抄・271）

180.　**生斯世，永难忘此，如梦境。**

共语不寐，由夜及明。

词书为：“与此女通夜话语，及晨，歌以赠之。”

据下一首答歌，知此女为安嘉门院四条。

其歌为：

语绵绵，会于幽暗，已难再。如梦似幻，梦本无常。

（抄・120）

生きて世の忘れ形見と成りやせん夢ばかりだに寝ともなき夜は

（风雅・恋三・1096；抄・119）

藤原长纲（藤原长纲　ふじわらのながつな）

藤原长纲，生卒年未详，忠纲之子。正五位下左马权头。定家之弟子，《京极典厩集》之记录者。家集为《长纲百首》。与《续拾遗和歌集》中的“长纲”是同一人否，未可知。

181.　**风吹散，波涛烟云，秋潮上。**

纯白光照，真如月满。

为词书“胜林寺思顺上人忌日，于花瓶中插花送之”之一组歌中的一首。

胜林寺，即大原的胜院；思顺上人，亦是一歌僧。此题下的歌作，为上人逝世后的翌年春夏间所作，表达心中的追思。

以风吹烟云散去，月华高照，表达对佛理的领悟。

吹(ふ)き払(はら)ふけぶりの波(なみ)はつきにけり月(つき)のみ白(しろ)き秋(あき)の潮風(しおかぜ)

（续拾遗；集成・P285）

藤原基良（藤原基良　ふじわらのもとよし）

藤原基良，建仁三年至建治二年（1187—1276），大纳言忠良之子。权大纳言正二位按察使，法名缘空、圆空。《宝治百首》的作者，歌作见于《新敕撰和歌集》。

182.　**事与物，无不可见，您身影。**

令人时时，悲泪盈盈。

词书为“思念入道大纳言之时咏作”。

入道大纳言，即其父藤原忠良，逝世于嘉禄元年（1225）五月。家中事物无不仍充盈着父亲的气息，引起自己无尽的思念和悲伤。

物事(ものごと)に忘(わす)れ形見(がたみ)を留(とど)めおきて涙(なみだ)のたゆむ時(とき)の間(ま)ぞなき

（新敕撰；集成・P285）

藤原家良（藤原家良　ふじわらいえよし）

藤原家良，建久三年至文永元年（1192—1264），大纳言忠良之子，母为藤原定能之女。内大臣正二位，号衣笠。与真观共撰《万代集》《现存和歌六帖》。家集为《家良集》，歌作见于《新敕撰和歌集》。

183.　**暮色垂，青光渐现，萤火虫。**

色耀庭间，紫阳花丛。

昼间是看不见萤火虫的。暮色渐浓，其光、色才显见于庭中花上。写出幽微的光色变化，是京极派写景歌作的特点。

飛(と)ぶ蛍(ほたる)光(ひか)り見(み)えゆく夕暮(ゆうぐれ)になほ色(いろ)のこる庭(にわ)のあぢさい

（家良集；集成・P286）

藤原实氏（藤原実氏　ふじわらのさねうじ）

藤原实氏，建久五年至文永六年（1194—1269），太政大臣公经之子。太政大臣从一位，法名实空，亦称为常盘井入道相国。出咏《宝治百首》《弘长百首》，歌作见于《新敕撰和歌集》。

184.　**正如此，春樱色彩，更容易，**
看出时光，流转逝去。

词书为“无题”。为“洞院摄政家百首歌合”中“暮春五首”之一。时光流逝之快，几乎使人没有赏花的时间。歌作充盈着惜春、惜时、惜花的情愫。

さもこそは春（はる）は桜（さくら）のいろならめ移（うつ）りやすくも行（ゆ）く月日（つきひ）かな

（新敕撰·春下；集成·P286）

安嘉门院四条（安嘉门院四条　あんかもんいんしじょう）

安嘉门院四条，镰仓期歌人。生年未详，卒于弘安六年（1283），平度繁之养女，藤原为家之妻，为相之母。仕于安嘉门院（后高仓院皇女）。有纪行文《十六夜日记》，歌论书《夜之鹤》。歌作见于《玉叶和歌集》等。

185.　**蜘蛛爪，八桥连环，危中过。**

日暮天黑，切莫蹉跎。

词书为："过三河国八桥而咏作。"

八桥，在今爱知县知立市。因众水曲绕，故桥与桥连，而有此称谓。

据作者之《十六夜日记》："越二村山而行，已是日暮。人有传言：八桥之上不可留，黑暗之中桥不见。故过桥而咏此歌。"

以蜘蛛多脚爪来形容河道多岔，桥险难行。首句（ささがにの）是枕词，可写为"细小蟹"，用来描述多脚、多岔。

ささがにの蜘蛛(くも)で危(あや)ふき八(や)つ橋(はし)を夕(ゆう)ぐれかけて渡(わた)りかねぬる

（玉叶・羁旅・1184；抄・146）

186. **东云暗，拂晓相别，临路岐。**

泪下如雨，秋雨更急。

此首为“答歌”。

其“赠歌”为前大纳言藤原为家之作，前有词书为:“天明雨急，由女子处回归，朝别咏作之歌。”

其歌为：“回归时，东云犹暗，云脚低。我之衣袖，泪湿秋雨。”二首两人相好告别之歌，情同琴瑟。

後朝(きぬぎぬ)の東雲(しののめ)暗(くら)き別(わか)れ路(じ)に添(そ)へし 涙(なみだ) はさぞ時雨(しぐれ)けん

（玉叶・恋二・1457；抄・168）

187. **在梦中，似未离去。露虽晞，**

草叶荫处，见其容仪。

词书为：“前大纳言为家亡故后咏百首歌以悼之。”

时当在为家亡故后的建治元年（1275）。藤原为家，乃其亡夫。

露晞，隐言人之亡故，人生苦短如露之易干。

夢(ゆめ)にさへたちも離(はな)れず露(つゆ)消(き)えし草(くさ)のかげより

通(かよ)ふ面影(おもかげ)

（风雅・杂三・2015；抄・197）

土御门天皇（土御门天皇　つちみかどてんのう）

土御门天皇，建久六年至宽喜三年（1195—1231），后鸟羽天皇之第一皇子，母为承明院在子。第八十三代天皇，讳为仁。家集为《土御门院御集》，歌作见于《续后撰和歌集》。

188. **云上月，迎送秋色，已看惯。**

我退位后，两不相忘。

词书为：“咏歌百首时，怀旧之作。”此是建保四年（1216）三月时作。

此歌成，潜署藤原家隆名，送定家评点，为定家所叹赏。

院疼爱其弟（后为顺德天皇）。禀于父亲后鸟羽院后，于 16 岁时退位，让位于其弟。歌即咏其事。

原文的“云上”，或可指非人间的天上，或指宫中。与宫中月相约不相忘，也流露出依恋之意。

秋の色を送り迎て雲のうへに慣れにし月も物忘れすな

（あき いろ おく むかえ くも な つき ものわす）

（续后撰·杂下；集成·P286）

189. **云中鸟，双翼也自，如冰寒。**

明日香空，故土雪降。

词书为：“咏‘鸟雀群飞天欲雪’之状。”

承久之乱（其父后鸟羽院起兵反幕府，终落败）后，以七言汉诗句为题，咏五十首和歌中之一首。

云中鸟翼之寒，出于大胆的想象。“明日香”，古都奈良之地名，日语音同于“飞鸟”（あすか）；故乡之日语“古里”之前两音，与降雪之“降”同音（ふる）。歌作甚见同音双关的意趣。

歌作展示的天空中群鸟逃窜，也暗喻战乱后皇族被流放处置的事况。

くもい　つばさ　と　とり　あすか　ゆき

雲居ゆく翼もさえて飛ぶ鳥の明日香み雪の

ふるさと　そら

古里の空

（玉叶・冬；集成・P286）

道助法亲王（道助法亲王　どうじょほつしんのう）

道助法亲王，建久六年至宝治三年（1195—1249），后鸟羽天皇之第二皇子，母为坊门信清之女。二品，仁和寺十二代门迹。讳长仁，号光台院亲王。主办《道助法亲王家五十首》，歌作见于《新敕撰和歌集》。

190.　**夜已深，灯影曈曈，如伴侣。**

映窗灯火，其光幽微。

词书为“家中五十首歌，闲中灯”。

以灯为友，至深夜而残灯幽微，不厌孤独。这正是中世人生态度。

此(こ)れのみと伴(ともな)う影(かげ)もさ夜(よ)ふけて光(ひかり)ぞ薄(うす)き窓(まど)の灯(とも)し火(ひ)

（新敕撰・杂二；集成・P287）

顺德天皇（順德天皇　じゅんとくてんわう）

顺德天皇，建久八年至仁治三年（1197—1242），后鸟羽天皇之三皇子，母为藤原范季之女修明门院。第八十四代天皇，讳守成。家集为《顺德院御集》，有歌学书《八云御抄》《禁秘抄》等。歌作见于《续后撰和歌集》等。

191. **皇城中，古老檐前，忍草在。**

隐忍而生，怀想圣代。

词书为：“无题。”为建保四年（1216），20岁的顺德天皇所作的“二百首和歌”中之一首。

时当承久之乱前五年，朝廷与幕府间的矛盾冲突已很激烈。歌中有对这样时局下的内心感触的流露。

“忍”，意为忍草，植于树下檐前以为装饰；日语有意含埋藏心中之忍耐，心中的思慕与怀想之意。歌中综而用之，写了宫中的植被，也体现出隐忍与怀想之情。

ももしきや古(ふる)き軒端(のきば)の 忍(しのぶ) にもなほあまりある昔(むかし) なりけり

（续后撰·杂下；集成·P287）

192. **筑摩川，峰上雪融，经几日？**

春水流淌，终成清澈。

词书为："百首御歌中咏作。"是其"春"之二十首之一。

筑摩川，即千曲川，源于武甲信岳山，为信浓川的上游。山中雪化而汇为川流。

写春水由浊而清的变化，既是实景，有迎春的喜悦，也寓含着对人世、时局变化的期盼。

筑摩川春行水(ちくまがわはるゆくみず)はすみにけり消(き)えていくかの峰(みね)の白雪(しろゆき)

（风雅·春上；集成·P287）

安嘉门院高仓（安嘉门院高仓　あんかもんいんたかくら）

安嘉门院高仓，生卒年未详。兴福寺别当亲缘之女，与歌作见于《新古今和歌集》的同名者别是一人。《宝治百首》的作者之一，歌作见于《续古今和歌集》。

193.　**梦中也，未见其踪。信夫山，**

路远心遥，情好难通。

信夫山为陆奥的歌枕。到镰仓后期，长久的歌枕之作，已对相关咏作有所制约。主要表现的是“忍恋”（受压抑的强烈爱情）的不幸境遇。

原文中“信夫”山与“忍恋”，音相同而双关。

ゆめ　かよ　なか　しのぶやまこころ　おく　たれ　と

夢にだに通わぬ中の信夫山心の奥を誰に問わまし

（新时代不同歌合；集成・P287）

土御门院小宰相（土御门院小宰相　つちみかどいんのこさいしょう）

土御门院小宰相，生卒年未详，卒于文永二年（1265）前后。藤原家隆之女，亦称承明门院小宰相。《宝治百首》的参作者，歌作见于《新敕撰和歌集》。

194.　**春霞暗，夜渐深时，感物叹。**

心萦恋思，月影团栾。

词书为“后久我前太政大臣家十五首歌作”。

表达：春霞光影，圆月朦胧，两相交织。深夜叹赏，心萦恋思。

春(はる)はなほ霞(かす)むにつけて深(ふか)き夜(よ)のあはれを見(み)する月(つき)の影(かげ)かな

（续古今・春上；集成・P288）

藻璧门院但马（藻璧门院但马　そうへもんいんのたじま）

藻璧门院但马，生卒年未详，文永三年（1266）时在世。源家长之女。《洞院摄政家百首》《宝治百首》之参作者，《现存和歌六帖》之作者，歌作见于《新敕撰和歌集》。

195.　**露草黄，色移向深，渐萧疏。**

人心如花，萎谢凋枯

“无题”之歌。

月草，即露草；花草色变，寓含着情好消退，恋人变心。月草移色深，人心如花萎。

つきくさ　うつ　いろ　ふか　ひと　こころ　はな　しお

月草の移ろふ色の深ければ人の心の花ぞ萎れる

（新敕撰·恋四；集成·P288）

藻壁门院少将（藻壁门院少将　そうへもんいんのしょうしょう）

藻壁门院少将，生卒年未详，文永三年（1266）时在世，左京大夫藤原信实之女。歌合《洞院摄政家百首》《光明峰寺摄政家歌合》的参作者。歌作见于《新敕撰和歌集》。

196.　**天将晓，已是起身，离别时。**

白露为霜，鸡鸣悲伤。

词书为“前关白家歌合，咏鸡鸣以寄恋心”。

写拂晓之时，鸡鸣露重而情人离别，故而悲情涌动。

暁(あかつき)のゆふつけ鳥(どり)も白露(しろつゆ)の起(お)きて悲(かな)しきためしにぞ鳴(な)く

（新敕撰・恋三；集成・P288）

后深草院弁内侍 （后深草院弁内侍　ごふかくさいんのべんないし）

后深草院弁内侍，生卒年未详，文永二年（1265）前后在世，藤原信实之女。《宝治百首》之参作者，也是连歌作者，有连歌收入《菟玖波集》中，有《弁内侍日记》。歌作见于《续后撰和歌集》。

197.　**秋已到，悲泪如露，窄袖承。**

七夕织女，亦难帮衬。

有长词书言：“老后笼居仰木山，龟山院出题‘七夕衣’而咏奉此歌。”

以衣袖窄小，说悲泪难抑。以带有幽默感的景况，表达晚景凄凉的实况。

秋来(あきき)ても露(つゆ)おく袖(そで)のせばければ七夕(たなばた)つめに何(なに)をかさまし

（新拾遗・杂上；集成・P288）

二条为氏（二条为氏　にじょうためうじ）

二条为氏，贞应元年至弘安九年（1222—1286），藤原为家之子。权大纳言正二位。《续拾遗和歌集》的编撰者，其为氏、为世两代人的家集《大纳言为氏卿集》。歌作见于《续后撰和歌集》。

198.　**闻于人，未曾得见。玉津岛，**

春江入海，朝霞辉耀。

词书为：“建长二年（1250）诗歌合咏时，作江上春望。”

玉津岛，为纪伊国的歌枕，在今和歌山市和歌浦。山供岛神，四面海环。

人(ひと)とはば見(み)ずとや言(い)はむ玉津島(たまつしま)かすむ入江(いりえ)の春(はる)の曙(あけぼの)

（续后撰・春上；集成・P292）

199. **少女们，插花在头，樱花开。**

袖振山上，白云翩翩。

词书为：“樱花之歌。”

袖振山，又名布留山，上有石上神宫，为神圣清明之所在。柿本人麻吕等于歌作中多有歌咏。

表现春天到来时内心的喜悦，涌动着美好的幻觉与欢快的情趣，以白云喻说远望中的樱花。

乙女(おとめ)ごが挿頭(かざし)の桜咲(さくらさ)きにけり袖振山(そでふりやま)にかかる白雲(しろくも)

（续后撰·春中；集成·P292）

飞鸟井雅有（飞鸟井雅有　あすかいまさあり）

飞鸟井雅有，应和二十四年至延德二年（1241—1301），教定之子，母为北条实时之女。前参议正二位。家集为《邻女和歌集》，歌作见于《续古今和歌集》。

200.　**刈稻后，水田之中，结冰淋。**

暮霭山边，白鹭穿云。

词书为：“夕暮时，见白鹭飞。”白鹭是《玉叶和歌集》《风雅和歌集》两歌集中的特色意象。

定家亦有歌曰：“暮云起，落日红映，晴空多。近山之处，白鹭飞过。”（玉叶・夏）

比较而言，本首歌更见冷色调的空漠与凄寒。

氷柱(つらら)ゐる(いる)刈田(かりた)の面(おも)の夕(ゆう)ぐれに山下(やまもと)とほく鷺(さぎ)わたる見(み)ゆ

（玉叶・冬；集成・P294）

201. **归途中，木然回望，明月亮。**

其全不知，我之辛酸。

词书为：“恋歌中之作。”

与女子相会的归途中，见明月清光，想其不知己之别离辛酸。

道(みち)すがらわれのみつらくながむれど月(つき)は別(わか)れも知(し)らずがほなる

（玉叶·恋二；集成·P294）

宗尊亲王（宗尊亲王　むねたかしんのう）

宗尊亲王，仁治三年至文永十一年（1242—1274），后嵯峨天皇之第二皇子，母为准后平栋子。一品中务卿。师事于藤原光俊，家集为《琼玉集》，歌作见于《续古今和歌集》。

202.　**从今后，远山景色，已大变。**

信乐之里，秋风寒遍。

词书为："红叶。"为长弘二年（1226）十一月百首歌合时作。

信乐里，近江国的歌枕，在滋贺县甲贺郡信乐町。虽在天平十四年（742），圣武天皇曾于此建造行宫，并曾短期内迁都于此。但此地为严寒之所，有关歌作多咏叹其天寒春迟。

作者在此歌中，还隐含了自己因涉嫌谋反，被从镰仓遣返而身处严峻不安之中的境况。

今(いま)よりや外山(とやま)の色(いろ)もかはるたむ秋風寒(あきかぜさむ)し信楽(しがらき)の里(さと)

（续古今・秋下；集成・P295）

203. **五月雨，连绵倾注，无晴空。**

山色青苍，夕暮云中。

词书为：“文永六年（1269）八月百首歌合时作。”

无晴空，是写出自己的感受。整个色调阴沉，云中露出的山影，也青苍如墨，且在夕暮之时。

五月雨(さみだれ)は晴(は)れぬと見(み)ゆる雲間(くもま)より山(やま)の色(いろ)こき夕(ゆう)ぐれの空(そら)

（玉叶・夏；集成・P295）

204. **暗香来，人世余情，春犹在。**

僧衣苍苔，月映梅开。

词书为：“避世出家后，咏‘月下之梅’歌。”

文永九年（1272）作为他的庇护者的后嵯峨天皇病逝，于是亲王出家。

原文以“苔”描绘僧衣的青苍与粗糙。

梅が香は見し世の春のなごりにて苔の袂に霞む月かげ

（玉叶·杂一·1842；抄·197）

205. **奈古海，呼妻唤夫，飞鹤鸣。**

悲怜声彻，空阔夜境。

词书为：“杂歌之一首。”

奈古海，或说在摄津，或说在丹后，实当在越中（今富山县新湊市附近），为其歌枕。

原文中的“つま”（汉字写一“妻”字），日语中的本意是夫妻互称之语。

这是一首有着“万叶”风质朴清新特色的歌作。

奈古の海に妻呼びかはしなく田鶴の声うらがな

し小夜（さよ）や深けぬる

（玉叶・杂二・2112；抄・222）

西园寺实兼（西园寺実兼　さいおんじさねかね）

西园寺实兼，建长元年至元亨二年（1249—1322），西园寺公相之子，母为中原师朝之女。太政大臣从一位。家集为《实兼公集》，歌作见于《续拾遗和歌集》。

206.　**恋想沉，目之所及，何所见？**

远山松影，泪蒙双眼。

词书为："恋歌之一首，咏眺望之所见。"

写泪下涟涟，目之所及而不见恋人的身姿，唯见远山之松影。

恋しさは眺めの末に形して涙に浮かぶ遠山の松

（玉叶·恋三；集成·P296）

207.　**此人哟，莫非其心，因恨我。**

挨日度月，音信杳无。

词书为：“奉作百首歌时咏作。”为文保三年（1319）时之所作。

因女方之薄情无义而抱恨，因其久无音信而沉闷度日。

人(ひと)もいさ辛(つら)き方(かた)にやかこつらむわれは恨(うら)みて

とはぬ月日(つきひ)を

（续千载·恋五；集成·P296）

藤原为子（藤原为子　ふじわらためこ）

藤原为子，镰仓时期歌人，生卒年未详。为教之女，为兼之姊。仕于伏见院、永福门院。帮助为兼的活动，为京极派歌风的确立而尽力。家集为《藤大纳言典侍集》。歌作见于《玉叶和歌集》抄 19 首、《风雅和歌集》抄 5 首等。

208.　**春日迟，百鸟声喧，近复远。**

山被霞光，一日悠闲。

题为：“咏春日夕暮。”

“万叶”以来咏此类歌者已不少，本首歌的新意在于，表现悠然地度过春日的心态。

百千鳥声(ももちどりこえ)のどかにて遠近(おちこち)の山(やま)は霞(かす)める春(はる)の日暮(ひぐ)らし

（玉叶・春上・25；抄・10）

209.　**不遮掩，原野花光，隐然现。**

夕暮薄霭，广远一片。

词书为：“以万叶歌之 句‘不遮掩’为题，众人皆咏作。”

此句出自《万叶集》卷十三歌 3389，咏唱秋日暮霭中原野花光的美好景致。

花(はな)の色(いろ)は隠(かく)れぬほどにほのかなる霧(きり)の夕(ゆう)べの野辺(のべ)の遠方(おちかた)

（玉叶・秋・746；抄・100）

210.　**强相求，一度幽会，约难成。**

恋思累积，怨恨同生。

词书为：“是为乾元二年（1303）一月四日歌合右方得题为‘绝恋’。”

面对无情人，虽尽力求得应诺相会，但久不得践行，恋想之思，终成苦恼怨恨。

此首歌得到的判词是“妖艳殊胜”，意思是感情强烈动人、给人深刻印象。

せめてさらば今一度(いまひとたび)の契(ちぎ)りありて言(い)はばやつもる恋(こい)も恨(うら)みも

（玉叶・恋三・1749；抄・189）

211. **雨夜寒，湿气静铺，闺房暗。**

火头渐短，蜡尽灯残。

词书为：“探题作歌，得‘雨中灯’题。”

观察细致，言词细腻。

原文写的可能是油灯，译文稍作文饰，设想为“蜡炬”。

降(ふ)りしめるあま夜(よ)の閨(ねや)はしづかにてほのほ短(みじか)き灯(ともしび)の末(すえ)

（玉叶・杂二・2170；抄・234）

京极为兼（京极为兼　きょうごくためかね）

京极为兼，建长六年至元弘二年（1254—1332），藤原为教之子，母为三善雅衡之女。权大纳言正二位，法名莲觉、静觉。《玉叶和歌集》的编撰者，著成《为兼卿和歌抄》《为兼卿记》。歌作见于《玉叶和歌集》。

212.　**梅花红，暗香俏影，暮色中。**

绿柳低垂，春雨蒙蒙。

词书为：“在家歌合时咏春雨之作。”

虽咏春雨，而写出其中多姿多彩的景色。特别是红梅、绿柳的色彩，明媚如画；雨中的梅香，格外醉人。

梅(うめ)の花(はな)紅(くれない)にほふ夕(ゆう)ぐれに柳(やなぎ)靡(なび)きて春雨(はるあめ)ぞ降(ふ)る

（玉叶・春上；集成・P298）

213.　**心如醉，四季之中，春花时。**

春晓明空，人更如痴！

此为“金玉歌合”第七轮时所收之歌，咏四季。

歌作虽沿袭了清少纳言在《枕草子》中所认为的“春之曙，夏之夜，秋之夕，冬之作”最有情趣的看法。

但采取递进而言，渐次深入，从四季到春之花开，再到春之曙色明空，更清晰地展现出令人如醉如痴的春之美。

思(おも)ひそめきょつの時(とき)には花(はな)の春(はる)はるのうちにも曙(あけぼの)の空(そら)

（玉叶・春下；集成・P298）

214.　**冰冷天，冬雨停后，暮山寒。**

薄雪小降，冻云渐散。

歌题为：“冬夕之山。”

写出冬日山中，多样的变化的物候。冬雨、薄雪、冻云、渐晴，动态的进程。

没有渲染严寒难耐，只是“轻寒风剪剪，良夜景暄暄”。（《红楼梦》中秋联句）

さゆる日(ひ)の時雨(しぐれ)の後(のち)の夕山(ゆうやま)にうす雪降(ゆきふ)りて雲(くも)ぞ晴(は)れ行(ゆ)く

（玉叶·冬；集成·P299）

215. **木叶脱，空空枝干，岁暮时。**

却也靠近，萌芽春日。

词书为：“探题作歌时，得‘冬木’题。”

岁暮深冬，枯木如裸，一叶不剩。纵虽如此，离新芽绽放，春风又绿的时节，已经不远了。

木(き)の葉(は)なき空(むな)しき枝(えだ)に年暮(としく)れてまた芽(め)ぐむべき春(はる)ぞ近(ちか)づく

（玉叶·冬；集成·P299）

216.　**行旅时，雨降自空，日暮苦。**

盼想宿处，心忧远途。

词书为：“咏雨中之旅。”

其前有伏见院之歌作：“宿何处，难以寻觅，有马山。原野之上，暮雨纷降。”

本首歌则与之同怀同调，言词比较散文化，但表现了行旅的孤苦无依。

旅(たび)の空(そら)雨(あめ)の降(ふ)る日(ひ)は暮(く)れぬかと思(おも)ひてのちも行(い)くぞ久(ひさ)しき

（玉叶·旅；集成·P299）

217.　**人可怀，我自长念，彼之来。**

夜已三更，人却不见。

词书为：“五十首歌作中，咏隐忍待恋。”

歌中情景，是作者的恋歌中常见的，与薄情男相会后，长久苦苦等待的女子的抒怀。

人もつつみわれも重ねて問ひがたみたのめし夜はただふけぞ行く

（玉叶・恋二；集成・P299）

218.　**远浪涌，映照夕阳，橙红光。**

小岛影动，暮色沉降。

词书为：“海路远眺。”

体现京极派艺术特征的自然观照之歌。对景象敏锐观察和凝视，并加以细致地再现。

这也是《玉叶和歌集》独特的歌风之所在。有着色彩丰富的绘画感，有颜色的动态变化，也有明暗的对比变化。

浪のうへに映る夕日の影はあれど遠つ小島は色暮にけり

（玉叶・杂二；集成・P300）

219. **风吹垣，竹声方喧，舍而去。**

遂上峰巅，松籁随起。

词书为：“山风动山居。”

此是贫寒的隐居人的山中居处，竹围小屋，自成垣墙，风吹竹喧，风上高岭，松声遂动。

原文中，风由此而彼，用了“舍而去”的描述，使“风”有了似人的选择与动态。

山風（やまかぜ）は垣（かき）ほの竹（たけ）に吹（ふ）きすてて峰（みね）の松（まつ）よりまた響（ひび）くなり

（玉叶・杂三；集成・P300）

220. **日西沉，红霞艳映，空际间。**

更使远峰，轮廓见。

“无题”之歌一首。为“金玉歌合”第二轮之右方歌。

《枕草子》之一有文：“秋日夕暮，落日映照，更觉与山头靠近。”

本首歌即出于此意。在动态中抓住瞬间的光色与形体的画面，用恰当的文辞作出表现。

沈(しず)みはつる入日(いりひ)のきはにあらはれぬ霞(かす)める山野(やまの)なほ奥(おく)の峰(みね)

（风雅·春上；集成·P300）

221. 绿如蓝，草地茅花，轻摇漾。
阴阴凉意，夏日近晚。

此为伏见院与为兼轮咏的“金玉歌合”第十五轮的右歌。

伏见院的左歌为：“千百树，枝梢尽低，齐转向。晚风起时，夏日清凉。”

二人都写夏晚风起之凉意，院之所作，风势显强；为兼之作，唯有茅花摇动，风显平缓。

青(あお)みわたる芝生(しばふ)の色(いろ)も涼(すず)しきはつばなさ揺(ゆ)るぐ夏(なつ)の夕(ゆう)ぐれ

（金玉歌合；集成·P300）

杨梅兼行（杨梅兼行　やまももかねゆき）

杨梅兼行，建长六年（1254）生，卒年未详。藤原亲忠之子　。从二位民部卿，吹筚篥的名手。家集为《兼行集》，歌作见于《新后撰和歌集》。

222.　**中庭白，月光清冷，夜深静。**

西墙脚下，渐成阴影。

词书为："着咏三十首歌时，咏深夜月。"

着眼月光随时间变化而展现出来的美，也体现出作者内心的寂寥感。

庭白（にわしろ）く冴（さ）えたる月（つき）もやや深けて西（にし）の垣根（かきね）ぞ陰（かげ）になりゆく

（玉叶·秋下；集成·P301）

223.　**动身晚，整日辛苦，旅人行。**

日暮求宿，叩问声近。

词书为："咏行旅日暮。"

也写出了一个时间过程中的情景：因故动身本已迟，故不能到达预定的地点，途中求宿，声带悲辛。

遅(おく)れぬと今朝(けさ)は見(み)えつる旅人(たびびと)の宿(やど)かる野(の)べに声(こえ)ぞ近(ちか)づく

（玉叶·旅；集成·P301）

藤原为相（藤原为相　ふじわらためすけ）

藤原为相，镰仓期歌人，弘长三年至嘉历三年（1263—1328）。为家之子，母为阿佛尼。正二位权中纳言。歌坛上与为氏、为世争夺正宗地位，终为冷泉家的始祖，指导关东武士、僧人的歌作，为和歌、连歌的普及而尽心尽力。家集为《藤谷集》，有《为相百首》，歌作也见于《玉叶和歌集》抄有4首，《风雅和歌集》抄亦4首。

224. **花馨香，月影朦胧，曲肱梦。**
梦中人去，朝云难觅。

词书为：“于为兼家歌合时，同咏‘春之夜’歌。”时约在乾元二年（1303）。

表现恋情深趣，梦中如与情人见，然空幻难依，如朝云散去。

意境也颇同于白居易之词：“花非花，雾非雾，夜半来，天明去。来如春梦不多时，去似朝云无觅处。”

花(はな)薫(かお)り月(つき)霞(かす)む夜(よ)の手枕(たまくら)に 短(みじか)き夢(ゆめ)ぞなほ別(わか)れ行(ゆ)く

（玉叶·春下·212；抄·30）

225. **又逢秋，八月二十，远悼之。**

哀哉未见，泪袖露湿。

词书为：“前中纳言定家在嵯峨之旧居，经右大臣（藤原道平）修葺后入住。八月二十日，定家七十年忌之佛事，众皆咏作‘秋日怀旧’以凭吊之。”

表现了对自己的祖父、著名的歌坛领袖藤原定家的思慕之情。

巡(めぐ)りあふ秋(あき)の葉月(はつき)のはつかにも見(み)ぬ世(よ)をとへば袖(そで)ぞ露(つゆ)けき

（玉叶·杂五·2600；抄·273）

226. **冬雨过，云间微露，寒日光。**

片时流现，暮空转暗。

题为“冬歌之作”。

写雨、云、日光、暮空，在流转变化中，生动明切。

しぐれ行く雲間に弱き冬の日のかげろひあへず暮れる空かな

（风雅·冬·734；抄·85）

227. **曾有约，同赏春樱，言空留。**

风中木叶，斯世难久。

词书为：“正和五年（1316）九月，佛国禅师由镰仓下往下野须那。与我约待春之时定往须那山观赏樱花。然逋一月，禅师于十月入灭，得尊号为佛应禅师。”

作者在镰仓时，与禅师交游亲近，似有心入于禅定，而相忘于世。然相约之言犹在耳，而斯人已逝。人生无常，令人悲伤。

咲く花の春を契りしはかなさよ風の木の葉の

止(と)まらぬ世(よ)に

（风雅・杂三・1994；抄・196）

伏见天皇（伏见天皇　ふしみてんのう）

伏见天皇，文永二年至文保元年（1265—1317），后深草天皇之第二皇子，母为洞院实雄之女愔子。第九十二代天皇，讳熙仁。家集为《伏见院御制集》，日记为《伏见天皇宸记》，歌作见于《新后撰和歌集》。

228.　**中宵时，浓云渐移，向天边。**

峰间时见，秋空闪电。

词书为：“咏闪电。”

本待月中宵，不料呈现于眼前的却是出乎意料的火石电光的奇特景象：浓云移动，山峰电闪。

宵の間の村雲づたひかげ見えて山の端巡る秋の稲妻

（玉叶・秋上；P303）

229. **听雨声，正打窗上，夜已深。**

潮湿忧郁，灯火阴沉。

题为：“雨中灯。”这是京极派歌人喜好的一个歌题。

中世文人，常常会联想到的是白居易《上阳白发人》中的诗句：“耿耿残灯壁背影，萧萧暗雨打窗声。”

雨夜、灯火、人的心情，都沉浸在幽暗低沉中。

雨(あめ)の音(おと)のきこゆる窓(まど)はさ夜(よ)ふけて濡(ぬ)れぬにしめる灯(とも)し火(ひ)のかげ

（玉叶・杂二；集成・P304）

230. **惜而悲，伤悲更甚，世间事。**

一去不回，日月流逝。

题为：“咏怀旧之心。”

围绕皇位争夺，人事变迁，伏见院对其近臣多有忧伤萦怀。如对源具显，既是院的近臣，又是他的文艺心友。

院有文记曰：“左中将具显，多年交游如友，去冬病笃，命赴黄泉。每思其志，念想难休，痛惜而哀之。”（《伏见院宸记》）

惜(お)しむべく悲(かな)しぶべきは世(よ)の中(なか)に過(す)ぎてまたこぬ月日(つきひ)なりけり

（玉叶·杂五；集成·P304）

231. **浦上风，水湾芦苇，在风中。**

日暮光微，波上雨浓。

“无题”之一首。写海河交汇处，日暮风雨中的景况。

从其阴沉逼人的情调上看，其背后当有某种对政局、人生的隐含寓意。

浦風(うらかぜ)はみなとの蘆(あし)に吹(ふ)きしをり夕(ゆう)ぐれ白(しろ)き波(なみ)

のうへの雨

（风雅·杂中；集成·P304）

232. **雪纷降，水冻成冰，天地寒。**

忧心凝结，成此天象。

这是“金玉歌合”（杖风院与京极为兼的二人六十轮歌合）中第二十七轮之左歌。

其右歌是为兼的歌：“冰凉天，冻雨降下，将何如？水自成冰，河水停驻。”都是散文式的说理之歌。

用恰切的语言，说出心中所想和疑问，这是京极派歌作的一大特点。本首歌作也体现出伏见院的当政者的心意。

雪も下り水も凍るや天地の寒きを憂くる心なるらむ

（金玉歌合·六十轮；集成·P304）

233. **此世上，可怀可悲，最关情：**

逝去岁月，流走光阴。

题为“咏怀旧之心”。

没有技巧安排，直诉情思，真率动人。

惜(お)しむべく悲(かな)しぶべきは世(よ)の中(なか)に過(す)ぎてまた来(き)ぬ月日(つきひ)なりけり

（玉叶·杂五·2616；抄·275）

234. **春来到，情思平静，天已明。**

淡淡霞光，轻染空云。

词书为：“以‘早春之霞’为题咏歌。”

心气平和，景色柔美，两相应和。

春来(はるき)ぬと思(おも)ひなしぬる朝(あさ)けより空(そら)も霞(かすみ)の色(いろ)になり行(ゆ)く

（玉叶·春上·5；抄·5）

235. **轻凝降，落于池莲，白露珠。**

莲叶水上，翠玉之露。

词书为：“百首御歌中‘咏莲’。”

莲叶结露之歌作甚多，本首歌以动态把握为特点。

零(こぼ)れ落(お)つる池(いけ)の蓮(はちす)の白露(しらつゆ)は浮葉(うきは)の玉(たま)とまたなりにけり

（玉叶·夏·4221；抄67）

永福门院（永福门院　えいふくもんいん）

永福门院，文永八年至康永元年（1271—1342），藤原实兼之女，母为源通成之女。名璋子，法名真如源，伏见院之中宫。家集虽不传，但有《永福门院百番御自歌合》存世，歌作见于《新后撰和歌集》。

236.　**林木情，花开自心，昨到今。**

夜来薄云，春雨降临。

词书为：“咏花之歌之一首。”为永福门院百轮歌合中的御制之第三轮右歌。

以天象、气候为歌材是京极派歌人的一个重要方法。

提到树木之“心”，是一种拟人化的方法。相似的歌作有式子内亲王之作：“今得见，樱花盛开，轻云盖。春霞四布，世景暄妍。”（见本书歌 53）

木々の心花ちかからし昨日けふ夜は薄曇り

春雨の降る

（玉叶·春上；集成·P305）

237. **山麓林，百鸟声喧，曙色遍。**

樱花丛丛，明艳在眼。

咏春明景和，春晓花放，加之百鸟声喧，形成多姿多彩的世界。

《新撰和歌集》有纪贯之的真名序言：“春霞秋月，润艳流于言泉；花色鸟声，鲜浮藻于词露。”倡言以讽咏花鸟建构歌作的世界。

山もとの鳥の声々明け染めて花もむらむら色

ぞ見えゆく

（玉叶·春下；集成·P305）

238. **远钟响，声传山后，天色晚。**

月出花间，花光明亮。

为“永福门院百轮自歌合”中第四轮的右歌。

作者有着创作明丽的景致的出色歌才，屡见情致深切，景象多彩的佳歌。

入相(いりあい)の声(こえ)する山(やま)の陰(かげ)くれて花(はな)のこの間(ま)に月出(つきい)でにけり

（玉叶・春下；集成・P305）

239. **暮色中，庭院萧条，秋风起。**

桐叶飘飞，骤雨甚疾。

词书为：“秋日御歌有作。”写晚秋的荒漠寂寥的感受。

自平安时代以后，多有咏作晚秋夕暮之风，冬日枯空之野，风寒刺骨，寂寥萦心的歌作。这也正是时代性的审美趣味和风尚的体现。

永福门院，正是在《玉叶和歌集》《风雅和歌集》歌风中的继承发扬者。

夕ぐれの庭すさまじき秋風に桐の葉落ちて村雨ぞ降る

（玉叶・秋下；集成・P305）

240. **萩花落，秋风红庭，寒彻骨。**

晚照入墙，形消影无。

词书为：“秋日御歌。”

捕捉光照的动态，是京极派歌人重要特色，写到“墙壁”，写出略有余温的日光晚照，在墙壁中归于消失，是本首歌作的独特的观照和感受。

首二句写到的萩花，是紫红色的小花，晚秋凋落，随风飞旋，遁形于晚照中。

ま萩散る庭の秋風身にしみて夕日の陰ぞ壁に消えゆく

（风雅・秋上；集成・P306）

241. **可惊怪，心思何以，纷纷乱！**

恋思缠上，身何可当？

“永福门院百番御自歌合”的第六十四番的左歌。

她持有的对恋爱的憧憬，与现实形成矛盾冲突。

“难道不能有恋思？”成了心中的疑问。萦于恋情而心思纷乱，实为不可能简单地以理性应对而回避之！

怪(あや)しくも心(こころ)のうちぞ乱(みだ)れゆく物思(ものおも)ふ身(み)とはなさじとおもふに

（风雅・恋一；集成・P306）

242. **总如此，不惯恋思，如自惩。**

为何时时，感叹声声！

与亲近的相恋者分手，背负失恋的痛苦而自伤自惩。但在自己的“物哀”的悲切感叹中，更显出可怜可爱的真情流露。

作为伏见天皇之中宫，作者的真情实感到底为何？不可得而知，但歌作写出了超越时代和客观环境而不变的真切恋情的内心感触。

すべてただ人に慣れじとこりぬるもいつのためぞとあはれなるかな

（风雅·恋四；集成·P306）

243. **山麓边，鸟鸣声中，天放明。**

且行花丛，花光晶莹。

题为“咏曙光花丛”。

从初句的大景，次句的鸟鸣，在视觉与听觉的转化中，展示晨光中花的明丽。

山もとの鳥の声より明けそめて花もむらむら色ぞ見え行く

（玉叶·春下·196；抄·25）

244. **今日里，那人当会，思念我！**

我总如常，一直想他。

题为“咏恋之心”。

明白如话，不假雕饰，表达恋情，发自深心。

今日(けふ)はもし人(ひと)もやわれを思(おも)ひ出(い)づるわれも常(つね)より人(ひと)の恋(こい)しき

（风雅・恋四・1233；抄・124）

顿阿（顿阿　とんあ）

顿阿，正应二年至应安五年（1289—1372），俗名二阶堂贞宗，二条为世系的和歌四天王之一。家集为《草庵集》，有歌学书《井蛙抄》，著作多部，歌作见于《续千载和歌集》。

245.　**夜深时，山城河声，美豆野。**

山乡明月，澄澈倩影。

词书为：“山乡月。”

美豆野，为山城国之歌枕，在今京都市伏见区淀美豆町一带。宇治川、桂川、木津川等流经此地。

歌中有“川音”“月影”之咏。

深(ふ)くる夜(よ)の川音(かわおと)ながら山城(やましろ)の美豆野(びづの)の里(さと)に澄(す)める月(つき)かげ

（草庵集；集成・P310）

246.　**白一片，雪满梢头，鸡栖枝。**

天将拂晓，高鸣报时。

词书为："晓雪。"

雪中纯白一片，如木棉织成的白栲布。从天空到树枝梢头、到雪中的浑白的鸡，甚至到鸡鸣之声，莫不暗露白色。皆晓雪带来之感受。

其新鲜、清艳，与京极派、二条派皆有不同。

白たへのゆふつけ鳥も埋もれて明くる梢の雪に鳴くなり

（草庵集；集成・P310）

247.　**思念深，苍苔之下，闻悲音。**

积雪覆盖，墓茔冰冷。

词书为："降雪之日，参拜母亲之墓而咏歌。"

直陈悲切，不加修饰。

思ひやる苔の下だに悲しきに深くも雪のなほ

埋(うず)むかな

（风雅・杂三・2025；抄・199）

248. **人世间，尽多此事：花盛时，**

山风吹起，春雨降矣！

词书为：“以古诗句‘花发风雨多’为题，歌咏之。”

出于“顿阿句题百首”，咏别离无常。

诗出自晚唐于武陵《劝酒》：“劝君金屈卮，满酌不须辞。花发风雨多，人生足别离。”

《古今和歌集》有歌咏此，乃本首之“本歌”。为：“此人世，空幻难托，风吹过。相恋之人，已不可见。”（纪贯之：古今・恋一・475）

世(よ)の中(なか)は斯(か)くこそありけれ花盛(はなざか)り山風(やまかぜ)吹(ふ)きて春雨(はるあめ)ぞ降(ふ)る

（新续古今・杂上・1640；抄・71）

兼好（兼好　けんこう）

兼好，弘安六年至观应三年（1283—1352），俗名卜部兼好，兼显之子。从五位下左兵卫佐。二条为世门下和歌四天王之一，家集《兼好法师家集》，著有有名的随笔集《徒然草》。歌作见于《续千载和歌集》。

249.　**晚秋时，稻虽割下，露湿濡。**

我身蒙露，无栖身处。

词书为：“人在山乡中，浮思世事。”

兼好出家前的心境，是欲离尘世而不可得。如割下之稻无收置处而露水沾湿，人欲弃世而逃，却无归落处。

世(よ)の中(なか)の秋田(あきた)刈(か)るまでなりぬれば露(つゆ)もわが身(み)もおきどころなし

（兼好自撰家集；集成·P311）

250. **天已暮，云路之末，无宿处。**

春雁振翅，飞回京都。

词书为：“于侍从中纳言殿上，人人探题而咏歌，得题为‘薄暮归雁’。”

在多有哀感表现的中世，本首歌特有明快高昂的情调，写到“返归京城”的念愿，是一个有新意的构想。

兼好之歌，歌意沉郁，被认为脍炙人口的歌作不少。

行(ゆ)きくるる雲(くも)ぢのすえに宿(やど)なくは 都(みやこ)に帰(かえ)れ春(はる)の雁(かり)がね

（兼好自撰家集；集成·P311）

251. **心志决，木曾布衣，已染色。**

衣袖浅黑，出家救世。

词书为：“出家之后，过木曾路时咏作。”

兼好出家之年月并不清楚，当在正和十年（1313），其三十岁过后。

木曾路，在东山道上，从美浓的惠那郡溯木曾川而出信浓之道。

以染衣为黑色，表示出家的心志。

思(おも)ひ立(た)つ木曽(きそ)の麻布(あさぬの)浅(あさ)くのみ染(そ)めてやむべき袖(そで)の色(いろ)かは

（风雅・杂下・1855；抄・185）

252. **曲肱枕，野上草叶，凌枯霜。**

身已习惯，耐此风寒。

词书为：“咏寒草之旨趣。”

写旅宿中的隐者形象，吉田兼好也因此歌而得“曲肱兼好”之称谓。

手枕(たまくら)の野辺(のべ)の草葉(くさば)の霜枯(しもが)れに身(み)は習(なら)はしの風(かぜ)の寒(さむ)けさ

（新续古今・冬・650；抄・35）

253. **已告神，抛开恋心。太麻烦，**

伊人形象，总不能忘。

词书为：“咏祈恋之旨趣。”

祈恋，不是得到恋情的完满成功，而是希望抛开、放弃。

此心已诉之于神灵，但总忘不掉她的样子。

いかにせん神(かみ)のうけける御(み)そぎとて見し面影(おもかげ)も忘(わす)れはてなば

（新续古今·恋二·1193；抄·52）

254. **老难逃，老苏林中，红叶飘。**

怎蔽其目，“老”路不瞧。

题为“咏落叶”。

原文“老苏之杜”，意为“老苏树林”，为近江国的歌枕，在滋贺县安土町的奥石神社的树林里，为杜鹃鸣啼的名所。

将“老”拟人化，他会自然循路而来，红叶难障其目。

在原业平有名歌为：

樱花落，缤纷漫天，阴云盖。路看不见，‘老’摸不来。

（古今・贺・349；姜编译《日本中古和歌500首》・歌37）

本首歌本上歌之意，说的是想靠飘飞的红叶障“老”的眼目，是没用的。

逃(のが)れえぬ老蘇(おいそ)の杜(もり)の紅葉(もみじ)ばは散(ち)りかひ曇(くも)る甲斐無(かいな)かりけり

（新续古今・杂上・1767；抄・79）

后醍醐天皇（后醍醐天皇　ごだいごてんのう）

后醍醐天皇，正应元年至延元四年（1288—1339），后宇多天皇之第二皇子，母为谈天门院忠子。第九十六代（南朝第一代）天皇，讳尊治。敕命编撰《续后拾遗和歌集》，其歌作见于《新后撰和歌集》。

255. **在这里，云居樱花，虽盛开。**

不宜为京，只是行在！

词书为："拜觐吉野行宫之时，世尊寺一带之'云居樱'虽承御览，思而咏之。"时在延元二三年，天皇行幸吉野之春日。

"云居樱"，为自古以来吉野的名胜之名花。天皇当时心中所念，为政争败于幕府，京都恐难回，或将久滞于吉野。而这实非其所愿。

ここにても雲居(くもい)の桜咲(さくらさ)きにけりただかりそめの宿(やど)と思(おも)ふに

（新叶・春下；集成・P311）

256. **闻之伤，八月秋夜，夜正长。**

月光亦寒，捣衣声响。

词书为：“元弘三年（1334）九月十三夜，讲说三首歌时，咏月下捣衣之事。”

评说者以为：时天皇心中涌动的是“胜者之悲”。因时当朝廷军战胜北条幕府军，天皇得以从所滞留的伯耆回到京都。此为是年六月事，九月则有此歌。

歌作也与前作有“朗咏”延伸的关系：“八月九月正长夜，千声万声无了时”（白居易《夜闻砧》；又见《和汉朗咏集》·捣衣）。

聞(き)きわびぬはつき長月(ながつき)ながき夜(よ)の月(つき)の夜寒(よさむ)に

衣(ころも)打(う)つ声(こえ)

（新叶·秋下；集成·P312）

庆运（庆运　けいうん）

庆运，生卒年未详，净弁之子。二条为世门之和歌四大天王之一，仕于青莲院宫尊道法亲王，为祇园别当之目代。家集为《庆运法印集》，歌作见于《风雅和歌集》。

257.　**三芳野，田中之雁，知何往？**

当与春共，去往他方。

题为“归雁”。 歌亦见于《伊势物语》10。

三芳野，为大和国之歌枕，在武藏国入间郡，今埼玉县坂户市。

写归雁，表现惜春之意。

たが方(かた)に行(ゆく)とも知(し)らず三芳野(みよしの)の田のむの雁(かり)の春(はる)の別(わか)れは

（新续古今・杂上・1631；抄・70）

258. **芒穗根，人皆不晓。一直等，**

花穗枯了，方才见到。

词书为：“绝后方显之恋。”

意为分别后，甚至分手后方体现出的深切的恋情。

日本古和歌中多有以芒穗之根以体现恋情者，此首即此意。此为庆运百首之恋歌，作者虽为僧人，而所作歌多有恋歌。

原文的“尾花”，即芒草之穗。通首歌即以此为喻以见此种恋情。

人知(ひとし)れぬ尾花(おばな)がもとはなかなかにかれにし後(のち)ぞ表(あらわ)れにける

（新续古今·恋四·1362；抄·61）

259. **梦中见，犹不可得！只好在，**

黑暗阴间，得到团圆。

词书为：“痛切之恋。”指男女相互间痛切思念的爱情。

三、四两句的本意是来世相会，但因其说到了“黑暗”，故也可理解为黄泉、阴间。末句用了断定的语气。

夢(ゆめ)にだにあひ見(み)ぬなかを後(のち)の世(よ)の闇(やみ)のうつつにまたやしたはん

（新续古今・恋四・1380；抄・62）

260. **送父亲，相送路上，和歌浦。**

夜中鸣鹤，悲叹迷途。

词书为：“咏名胜之鹤。”

和歌浦，又称为和歌道，是自古以来，不少有名歌作的产生地，为纪伊国的歌枕，在今和歌山市，和歌川下游之右岸，有东照宫、天满宫等名胜。

作者之父净弁逝世于作此百首之咏前，年已九十，作者因父丧而有迷途之悲叹。

送(おく)れいて道(みち)まよへとは和歌(わか)の浦(うら)に夜(よる)なく鶴(つる)や

思(おも)はざりけん

（新续古今・杂下・1989；抄・91）

花园天皇（花园天皇　はなぞのてんのう）

花园天皇，永仁五年至贞和四年（1297—1348），伏见天皇之第三皇子，母为洞院实雄之女显亲门院季子。第九十五代天皇，讳富仁，亦称萩原院。有日记《花园天皇宸记》，家集为《花园院御集》，歌作见于《玉叶和歌集》。

261. **人情在，吾岂强行，忘之哉？**

余波在心，心存悲哀。

词书为：“咏恋情余波之事。”

所咏之人与事已不明，然可见为动情之人事。

原文首句为“切字”，多一音为六音，末句以连体形的名词为结束。显得音韵急促，情绪动荡，欲言又止。合于京极派恋歌的特征。

人(ひと)こそあれわれさへしひて忘(わす)れなば名残中(なごりなか)らむ

それも悲(かな)しき

（风雅·恋四；集成·P313）

262.　**东云亮，飞过乌鸦，啼音响。**

殿檐空中，天露曙光。

词书为：“百首御歌中有作。”

这是贞和二年（1346）时在位的光严院召以撰进的“贞和百首”中之一首，意在描绘“啼鸦声声天欲曙”的情景。

原文中的“羽音”，多指鸭、鹬、雁等水禽振羽之声响，此即指鸦之羽声。

羽音して渡るからすのひと声に軒端の空は雲明けぬなり

（风雅·杂中；集成·P313）

263.　**落梢头，樱花飘落，春日长。**

霞光沉重，晚钟难传。

词书为：“百首御制歌之一。”即指“贞和百首”。

写落花，而感春日悠长；霞光有重量，晚钟之声如负重而行，表现出“通感”中的新意。

梢(こずえ)より落(お)ちくる花(はな)も長閑(のどか)にて霞(かすみ)に重(おも)き入相(いりあい)の声(こえ)

（风雅·春下·250；抄·29）

264. **苇草原，多乱日本，风势转。**

民众风化，拥戴朝堂。

词书为：“咏歌表祝国之意。”

祝持明院系统之北朝宫廷荣盛，日本得到和平。

苇原之国，是从神话时代以来就用的对日本的指代。苇，指民众；原，指地广。

葦原(あしはら)や乱(みだ)れし国(くに)の風(かぜ)をかえて民(たみ)の草葉(くさば)も今靡(いまなび)くなり

（风雅·贺·2198；抄·213）

师贤（师贤　もろかた）

师贤，又称文贞公　镰仓期歌人，正安三年至元弘二年（1301—1332），师信之子，家贤之父。正二位大纳言。元弘之乱的主谋者，被流配下总，没于其地，谥号文贞公。《新叶和歌集》入集。

265.　**至今日，托诸位福，犹存世。**

从今往后，我命难知。

词书为：“元弘二年（1332）因世战乱，左迁往下总国时，于尾张国奉都中人等之歌。”

是年五月，作者被流配下总国。途中，有被斩杀之可能，故向都中亲族说明告之。而十月，终病卒于当地之香取郡小御门村。

今日までてはありと聞きても頼むなよなほ行く末も知らぬ命に

（新叶・羁旅・536；抄・19）

266. **思之伤，入山出山，世纷繁。**

但为君故，忘身奔忙。

词书为：“元弘元年（1331），虽藏身于北长尾的山庄，因人世动乱，后又离开了，遂咏之。”

长尾，在京都市右京区仁和寺附近，有师贤的山庄，他藏身此地，后于八月下旬离开，九月末被捕遭幽囚。翌年在流配地病亡。

思(おも)ひかね入(いり)にし山(やま)を立(た)ち出(い)でて迷(まよ)ふ憂(う)き世(よ)も

ただ君(きみ)のため

（新叶·杂中·1221；抄·42）

足利尊氏（足利尊氏　あしかがたかうじ）

足利尊氏，嘉元三年至延文三年（1305—1358），清和源氏，贞氏之子，母为上杉清子。权大纳言正二位，足利氏之初代将军。著有《贞和百首》《延文百首》，歌作见于《续后拾遗和歌集》。

267.　**檐前梅，曲肱靠近，暗香溶。**

窗隙漏进，夜半山风。

题为“咏梅花之歌”。何时所作不太明确。

第二、四句：曲肱枕之以对梅，窗之缝隙风进，皆为敕撰集所初见，是为特异之句。

作为政坛大忙人，写出了优游、精致的咏梅花之作。

軒(のき)の梅(うめ)は手枕(たまくら)近(ちか)く匂(にお)ふなり窓(まど)のひまもる夜半(よはん)の嵐(あらし)に

（风雅・春上・86；抄・12）

268. **晚钟响，桧原深寺，传远音。**

雾气笼罩，暮霭山冥。

词书为：“以‘秋山’为题咏歌。”

桧原，多有桧树之原野，多依托初濑、三轮地界咏作之。这里也是联想起长谷寺的钟声，来展开幽寂的氛围。

歌中体现出时间的进程：从傍晚到天黑。原文第三句的“字余”（多一音成六音），是京极派歌作的特征。

入相は檜原の奥に響きそめて霧に篭もれる山ぞ暮れ行く

（风雅·秋下·664；抄·80）

269. **山风停，高岭松涛，声渐定。**

暮云平宁，山谷寂静。

题为：“咏暮山之歌。”

从山顶看到的景象，把视觉与听觉融为一体。

视野广阔境界大气。

山風は高嶺の松に声やみて夕べの雲ぞ谷に静まる

（风雅・杂上・1656；抄・153）

270.　**宫廷中，竹生繁茂，盛千年。**

不凋不败，青翠长见。

词书为：“建武元年（1334）清凉殿之竹有佳色，以此为题披讲时作。”

借此祝福新成立的北朝政权昌盛。足利尊氏在建武二年（1335）后，举起了反对后醍醐天皇，拥戴后伏见院天皇的北朝政权（在京都）的大旗。

原文首句为“宫廷”的枕词修饰语，写成汉字可为“百敷”“百石城”。

ももしきやおひそふ竹の数ごとに変わらぬ千代の色ぞ見えける

（风雅・贺・2156；抄・212）

宗良亲王（宗良亲王　むねよししんのう）

宗良亲王，南北朝期歌人，正和元年至元中二年（1312—1385）。后醍醐天皇之皇子，母为二条为世之女为子，后村上天皇的异母兄。虽出家为天台座主，然元弘之乱后，被流配赞岐岛。回京后，在南北朝战争中还俗，为南朝政局而转战东国。在吉野山政局中为南朝歌坛的主导。弘和元年（1381）撰集南朝君臣的歌作为《新叶和歌集》。家集为《李花集》，歌作见于《新叶和歌集》，其“抄”中有 14 首。

271.　**北归雁，匆匆北去。我不同，**

故乡山河，我已难忆。

词书为：“同咏之旨在‘归雁’。”

据《李花集》，此为“北野百首歌”之一，时在正平十二年（1357）作，在信州大河原，奔波中的作者，表现出对故乡（京城）的眷念。但其在北朝方的控制下，无法回京。

父皇和自己都被武士力量逐出京城，这个自己从小长大的地方。时久难归，心中怅恨。

帰る雁何急ぐらん思ひ出でもなき故郷の山と知らずや

（新叶·春上·59；抄·1）

272. **此月华，实难慰我，行旅心。**

姨舍山月，令人忧郁。

题为“答歌”。

其赠歌为关白左大臣藤原教赖作，有词书为：“随中务卿宗良亲王出往信浓国，住于河内国之山田。九月十三夜，月光明媚，歌以奉之。”赠歌之意在说虽非京都之月华，亦可足观览。

原文之姨舍山，为信州之传说名胜地：远古时抛弃老迈人的地方。歌作表现困厄于南方——吉野的南朝，内心的愁闷。

身の行へ慰めかねし心には姨捨山の月も憂かりき

（新叶·秋下·332；抄·11）

273. **想富士，北看南观，非其姿。**

回其旁侧，知是何日？

词书为：“……过信浓路，恰是行返富士山麓之路，然其山姿从何方观之皆不类合，怅而咏之。”

又注：本首歌等 98 首，在《新叶和歌集》中，标记为“不知咏者（无名氏）”，但据其家集《李花集》，实为作者宗良亲王所作，其之所以隐名，实为避免他在集中的歌数超过后村上天皇。

表现对富士山的思念，寓含对京都的思念。

北(きた)になし南(みなみ)になして今日(きょう)いく日(か)富士(ふじ)の麓(ふもと)を廻(めぐ)り来(き)ぬらん

（新叶・羁旅・540；抄・21）

274. **波隐盖，庵崎松原，海浪间。**

富士高岭，碧空中现。

题为：“海上眺望。”

在《李花集》中有词书为：“兴国末年（1345

年前后），沿骏河湾岸东行，庵崎之松原，隐于波间不可见，唯上仰望之，见富士峙于空中。回思而咏之。”

实为有力而大气的写景之歌。

庵崎(いおざき)や松原(まつばら)しづむ波間(なみま)より山(やま)は富士(ふじ)の嶺(ね)雲(くも)もかからず

（新叶・杂中・1177；抄・34）

275. **心中事，愿与昔人，相语共。**

往日思念，谁与我同?

词书为：“延元三年（1338）下往东国，多年之后，于文中三年（1374）冬参诣吉野行宫，昔日曾见之人已不在；回思往事纷纷，故咏‘独自怀旧’。”

时已隔三十六年，歌中所说“恋思”，或可是往日恋情，抑或是可追怀之人、事，从歌意看，可能主要是后者。

同(おな)じくはともに見(み)し世(よ)の人(ひと)もがな恋(こい)しさをだに語(がた)りあはせん

（新叶·杂下·1306；抄·47）

276.　**茅草低，筱原之上，风悄起。**

人或能知，秋已来矣。

题为“立秋之风”。

或能因风而知秋临，然亦未必人人尽能如此。知秋之意，有机微之处。《新续古今和歌集》为北朝所编之歌集，收南朝之强硬人士宗良亲王之歌以入，故落名为“无名氏”（咏作之人不知）

浅茅生(あさじう)の小野(おの)の篠原風(しのはらかぜ)そよぎ人知(ひとし)るらめや秋立(あきた)ちぬも

（新续古今·杂上·1693；抄·75）

徽安门院（徽安门院　きあんもんいん）

徽安门院，南北朝期歌人，文保二年至延文三年（1318—1358）。花园天皇之皇女，封寿子内亲王，母为藤原实明之女。为光岩院之妃。歌作见于《风雅和歌集》，抄中有歌 7 首。

277.　**红光聚，红霞深处，香气凝。**

行近梅花，梢头花发。

词书为：“以‘远村梅花’为题咏歌。”

以霞光喻说梅花，由远而近，见其花初放于梢头。

原文首句的本意是“一丛”“一群”，其音就包含“村”的音“むら”，有一语双关之效。

ひとむらの霞（かすみ）の底（そこ）に匂（にお）ひ行（ゆ）く梅（うめ）の梢（こずえ）の花（はな）になるころ

（风雅・春上・70；抄・10）

278. **在远山，雁阵声寒，夕阳残。**

廊檐雨长，低垂云暗。

题为“咏秋之歌”。

有远近、明暗的对比。由远及近，由明而暗，写尽秋色的萧索清寒。

雁(かり)の鳴(な)く遠地(とおち)の山(やま)は夕日(ゆうひ)にて軒(のき)は時雨(しぐれ)る秋(あき)の村雲(むらくも)

（风雅・秋中・541；抄・63）

279. **恋在想，念想如斯，实难忘。**

浑然不知，心生感叹。

词书为：“六首歌合中，咏‘恋之初’。”

此为康永二年（1343）歌合会上所作。

关注末句的“物哀”（あはれ），是由衷的感叹，也是爱的觉醒与沉醉。

思(おも)ふてふ事(こと)は斯(か)くこそ覚(おぼ)えけれまだ知(し)らざりし

人（ひと）のあはれの

（风雅・恋一・1016；抄・116）

280. **远山遥，满目深绿，日阴处。**

纷然揉入，低翔白鹭。

词书为：“康永二年（1343）歌合，咏‘杂色’之事。”

形质不清，而色彩杂糅，有如面对颜色测试纸。浑然之中，隐约可辨。

緑濃（みどりこ）き日（ひ）かげの山（やま）のはるばるとおのれまがはず渡（わた）る白鷺（しろさぎ）

（风雅・杂中・1740；抄・174）

冷泉为秀 （冷泉为秀　れいぜいためひで）

冷泉为秀，生年未详，应安五年（1372）卒。为相之子。权中纳言从二位。法名秀宅，道号松峰。与足利尊氏亲近，使其在歌坛势力大增。《风雅和歌集》的编撰参与者，书写多部古籍，歌作见于《风雅和歌集》。

281.　**被忘后，亦有想法，心思改。**

虽言空幻，我命犹在。

所歌为被恋人忘怀后之感慨，亦即失恋者之心思。

本言失恋有如丧命，人生自是无常。今转念而想，生命犹存，亦为幸哉！

忘(わす)られてのちこそさらに思(おも)ひしれはかなからぬは命(いのち)なりけり

（近来风体抄；集成・P316）

282.　**知情趣，如此好友，虽望得。**

一人听雨，秋夜自乐。

以“一人听雨而述怀”为题。

作者之父冷泉为相、兄为成，皆不幸逝于盛年。自己体质病弱，虽贞和初期为《风雅和歌集》的撰集人之一稍得名显，然其后多闲居不出。于《新千载集》未得入集，又身逢乱世，故有此歌的感慨。

知情识趣，日语为“知物哀”，乃是日本中古以后对人的情趣素养的核心评价点。在人际交往、文艺交流，乃至情场上，都是评判人的重要尺度。

あはれ知(し)る友(とも)こそかたき世(よ)なりけれ一人(ひとり)雨(あめ)聞(き)く秋(あき)の夜(よ)すがら

（正彻物语；集成・P316）

二条为忠（二条为忠　にじょうためただ）

二条为忠，生年未详，卒于应安六年（1373）。藤原为藤之子。南北朝时为权中纳言。《贞和百首》的作者。歌作见于《新叶和歌集》《风雅和歌集》。

283.　**清晨时，寒霜落满，山冈上。**

稻田收后，稻茬枯干。

词书为“无题”，咏的是山边的稻田。

《新古今和歌集》有署为柿本人麻吕的歌为：“雄鹿叫，唤妻声声，山冈边。早稻割后，寒霜可见。”（又署为无名氏《万叶集・十・2220》）此可能就是为忠的本歌之取处。

在凄伤的情调中，隐含着对亲情、爱情的渴盼。作者为此南朝时期歌坛的表率，其作歌含蓄而有力。

朝(あさ)な朝(あさ)な霜(しも)おく山(やま)の岡辺(おかべ)なる刈田(かりた)の面(おも)に枯(か)る

る稲(いね)くさ

（新叶・冬・442；新叶抄・16）

284. **一临世，自有光华，照天下。**

今隐深山，月在云上。

词书为：“在天野山行宫咏作之歌。此是第二首。”

此“宫”在河内国天野村，今大阪府长野市内。正平九年（1355）三月到十四年（1360），为避战祸，后村上天皇以天野山金刚寺为行宫，多有臣侍随往同在，作者即其中之一。

本首歌表达忍一时之蹇迫，终成大器的意念。既是对天皇的进谏，也是坦呈自己的忠义之心。

世(よ)にいでば光(ひかり)ぞ降(ふ)べき月影(つきかげ)のまだ山深(やまふか)き雲(くも)の上(うえ)かな

（新叶・1206；抄・40）

花山院长亲（花山院長親　かざんいんながちか）

花山院长亲，生年未详，正长二年（1429）卒。藤原家贤之子。南朝内大臣。号耕云，法名子晋明魏。有歌论书《耕云口传》、提要书《源氏小镜》，歌入《新叶和歌集》《新续古今和歌集》。

285. **月犹在，峰尖风起，天将亮。**

花云横空，樱花飘散。

词书为：“奉作千首歌时（称为‘耕云千首’），咏峰上樱花。”时在天授三年（1377）春。

把天明时东方横空之云彩与峰尖飘散的樱花融为一个鲜明美好的意象，虽已见于前人的歌中，但也不乏新颖美好之感。

月(つき)のこる峰(みね)の梢(こずえ)は明(あ)けやらで風(かぜ)に分(わ)かれる花(はな)の横雲(よこぐも)

（新叶・春下；集成・P318）

286.　花叶繁，樱花树下，自清凉。

花雨飘散，风起忧伤。

词书为：“五百番歌合时作。”

为天授元年（1375），在南朝—吉野朝的宫内举行的歌合，第一百四十八番的“左胜”之歌。

此歌虽被收纳入《新叶和歌集》的“纳凉”歌群中，但歌作之重心是惜春的“忧伤”。

茂(しげ)りあふ桜(さくら)が下(した)の夕(ゆう)すずみ春(はる)はうかりし風(かぜ)ぞ待(ま)たるる

（新叶・夏・239；新叶抄・8）

长庆天皇（长庆天皇　ちょうけいてんのう）

长庆天皇，兴国四年至应永元年（1343—1394），后村上天皇之第一皇子，母为嘉喜门院。第九十八代（南朝第三代）天皇，讳宽成。有和歌注释《仙源抄》，歌作见于《新叶和歌集》《新续古今和歌集》。

287.　**高天上，天之岩户，日辉煌。**

至今不变，普照四方。

词书为：“与亲王等相聚时，着讲歌三首，咏日以祝。”

时在正平十一年（1356）四月，时作者年方十四，尚未登天皇位。

歌中所影射的是：在当时南北朝政治斗争混乱时，作为南朝的皇子，对本方（吉野朝—南朝）的威力加以显示。

歌作借古代神话歌颂天照大神——太阳神的光焰，以展示己方的正当与力量。

久方(ひさかた)の天(あま)の岩戸(いわと)を出(い)でし日(ひ)や変(か)わらぬかげに世(よ)を照(て)らすらむ

（新叶・贺；集成・P318）

288. **我行宫，无可依恋。唯有这，**
吉野山花，春情多年。

词书为：“于吉野行宫，召众人咏作千首歌。此为咏‘山之花’歌。”

此举称为天授千首，时在天授二年（1376）。

本首歌作，巧用情语，将自己真切无伪之情直抒胸臆地表现出来。

わが宿(やど)と頼(たの)まずながら吉野山花(よしのやまはな)に馴(な)れぬる春(はる)もいくとせ

（新叶・春・109；抄・3）

了俊（了俊　りょうしゅん）

了俊，嘉历三年——应永二十四年（1326—1417）。今川范国之子。俗名贞世，足利义诠的家臣，连歌作者，号松月轩德翁。在冷泉为秀门下宣扬冷泉歌风。有歌学书《落书露显》等，歌作见于《新后撰和歌集》。（《风雅和歌集》抄 137，《新续古今和歌集》抄 19）。

289.　**秋来了，秋声起时，荻叶唱。**

荻风萧瑟，心萦露上。

词书为："在新玉津岛社作和歌三十首时咏。"

此歌社成立于京都五条的藤原俊成故邸，时在正平年间（1360 年左右）。

写秋时风中荻叶的情景，歌眼在于：荻叶—秋露—萦心。以情感意绪的投入，使意象得到与情合一的拟人化的表现。

有评释者甚至认为：原文的"上"一词，有着如"紫上"（《源氏物语》的人物）一词般的对贵妇人的敬意和关注。

秋来ぬと荻の葉ならす風の音に心置かるる露の上かな

（新续古今・秋上・358；抄・19）

290. **落花飞，强行送入，衣袖中。**

转念一想，多情之风。

“无题”之一首。

此是作者在《风雅和歌集》编撰完成时，即贞和五年（1349）之前后所作之歌。时约二十四岁。

散る花をせめて袂に吹きとめよそをだに風の情けと思はん

（风雅・春下・1483；抄・137）

冷泉为尹（冷泉为尹　れいぜいためまさ）

冷泉为尹，康安元年至应永二十四年（1361—1417），为邦之子，为秀之孙。权大纳言正二位。以歌道之师范活跃于应永时期的歌坛。有《为尹千首》，歌作见于《新后拾遗和歌集》。

291.　**水草浮，随风摇曳，池水上。**

飞影动荡，萤光零乱。

词书为："应永十一年（1404），在后小松天皇宫内歌会上，人皆探题而咏歌三十首时，咏进'沼之萤'歌。"

于其时，作者正处于歌坛指导者的地位。歌作化用了《礼记·月令》中之语"季夏之月，腐草为萤。"歌作也隐含着人生多忧，人生无常的哀切。

平安时代的著名女歌人和泉式部有歌为："怀悲伤，水边萤乱，有此感：我魂出窍，上下飞绕。"（后拾遗·杂六神祇·1162；姜编译《日本中古和歌500首》·歌273）。意亦近于此首。

うき草の風にただよふ沼水に影さだまらで飛ぶ蛍かな

（新续古今·杂上·1677；抄·73）

292. **盼夏凉，寝而难安。近窗处，**

流水声响，惊得梦断。

词书为："杂作二百首中之'夏夜梦'。"

庭中的流水声，指日本庭园建筑中营构的称之为"遣水"的瀑流之声。

水声让人从假寝之睡梦中醒来，表现出怡然自得的心态。

涼むとてただうたた寝の窓なれや水音ながら夢ぞわかるる

（为尹卿千首；集成·P320）

正彻（正徹　しょうてつ）

正彻，永德元年至长禄三年（1401—1454），小松康清之子。俗名正清、信清，道号清岩，庵号“招（松）月庵”。师事今川了俊，家集为《草根集》，还有《正彻物语》等著作。

293. **有约人，离我而去，向高空。**

晨眺飞鸟，暮霭渐浓。

词书为：“难寻之恋。”

恋人之消息全无，自觉内心怅然若失。向空眺望，如看一只飞鸟远去。

盼恋人之来访，由晨至昏，至为失落。

契(ちぎ)りつる人(ひと)の行(ゆく)へは天飛(あまと)びし朝(あした)の鳥(とり)の夕(ゆう)ぐれのあと

（草根集；正彻物语抄·1；集成·P321）

294. **山风吹，松林深处，天籁音。**

曙色幽微，花香雨清。

词书为：“以‘曙色春雨’为题。”

松声、曙色、雨落，听觉、视觉之感，联结起嗅觉的花香，形成别具特色的境况。

并暗示，此花是梅花之“暗香”动人。

山風(やまかぜ)の松(まつ)に木(き)ぶかき音(おと)はして花(はな)の香(か)くらき
曙(あけぼの)の雨(あめ)

（草根集；集成・P321）

295. **夕暮时，似见人影，渐来近。**

晚霞映照，明月将临。

词书为：“题为‘春恋’。”

“夕暮霞中，见人在外，想乃我之恋人，其音容在我心中，月光之下，可想可怀。”（正彻物语）

情景满是浓艳之情恋，以霞光、月光映衬对对方的美好印象。

夕(ゆう)まぐれそれかと見(み)えし面影(おもかげ)も霞(かす)むぞかたみ有明(ありあけ)の月(つき)

（草根集；正彻物语抄·12；集成·P321）

296. **夜渐明，远山之眉，渐乱零。**

有云遮住，孤峰身影。

歌题为“晓山”。

写天明之时，远空、山峰的景色。

山峰棱线，本如眉黛，晓色升起，眉线零乱。更有一山峰被流云轻笼。眉黛消失，如恋人离去，令人有怅然若失之感。

明(あ)けわたる遠山眉(とおやままゆ)のかた乱(みだ)れ一(ひと)つの峰(みね)や雲隠(くもかく)すらむ

（草根集；集成·P321）

297. **暗夜中，雨打窗声，悄然听。**

忧世之中，往事萦心。

歌题为“雨窗”。

上句出自白居易之“萧萧暗雨打窗声”（《上阳白发人》）

下句引入中世常用的一个词“浮世”，指漂泊于人世而忧心满怀。

与上句的悄然沉静不同，是忧怀动荡，难以平静。写出了内心情怀的变化波动。

暗(くら)き夜(よ)の窓(まど)うつ雨(あめ)にわが心(こころ)沈(しず)むばうかぶ世世(よよ)の古(ふる)こと

（草根集；集成・P322）

298. **霜满天，夜阑啼雁，已欲栖。**

田边杉枝，残月沉西。

歌题为“残月落雁”。

“霜满天”，出自日本上下各界极珍视的名诗名句：“月落乌啼霜满天”（张继《夜泊枫桥》）。

由此演绎出整个歌境，作者增加的意象细节是落月已在杉枝，啼雁也已栖息。

芭蕉的俳句：“病中雁，落栖寒夜，旅宿情。”（见姜编译《日本俳句长编》103句），与此歌情味相通。

そら　み　しもよ　かり　な　お　たなか　すぎ

空に満つ霜夜の雁も鳴き落ちて田中の杉よ

ありあけ　つき

有明の月

（草根集；集成·P322）

299.　**骤雨急，江畔斜斜，白鹭飞。**

形影之后，如意花随。

歌题为“江雨鹭飞”。

原文之泽泻花，中文亦作此称。水生草本植物，夏有三瓣形之小白花，叶如箭镞，根茎可入药。又称水泽花、如意花。

歌说到白鹭，又说到白色的如意小花，既是说在视界中二者的相似呈现：白鹭视之有如如意花之状，也是在天空和地面上，展现多样的意态：飞鹭与小花。一瞬间，做幻化的呈现。

村雨(むらさめ)の古江(ふるえ)をよそに飛(と)ぶ鷺(さぎ)のあとまで白(しろ)き沢瀉(おもだか)の花(はな)

（草根集；集成·P322）

300. **夜深时，川波流月，清州上。**

清纯如情，夏夜苦短。

应永二十五年（1418）正彻经东海道去往美浓、尾张做漫游旅行。在清州（爱知县西春日井郡清州町）停留时，与当地的青春少年成为密友，与其相邀聚于河边而咏歌。

时夏夜已深，月映河中，水波潋滟。以水月清澄来表现人的情谊的清纯，以夏夜之短来隐喻相聚的日子有限。

该少年有回应之歌作为：“夏夜月，宿于清州，鹤羽霜。白净之色，颇感寒凉。”既言“夏夜”，又言“霜寒”，似于理不通。想不过是借以言说心中感受而已。

深(ふ)けにけり流(なが)れる月(つき)も川波(かわなみ)も清州(きよす)に澄(す)めるみじか夜(よる)の空(そら)

（慰草；集成·P322）

飞鸟井雅世（飞鸟井雅世　あすかいまさよ）

飞鸟井雅世，室町时期歌人，明德元年至享德元年（1390—1452）。雅缘之子，雅永之兄。其子为雅亲、雅康。正二位权中纳言，家集为《雅世集》。于永享十一年（1440）编撰完成《新续古今和歌集》，歌作也见于此集中。

301.　**白净的，河边沙上，白色染。**

如许堆积，初雪飞扬。

词书为：“咏初雪。”

白沙上落雪，初不以为意，终而感到出乎意料的白色堆积——正是初雪降下的结果。

首句五音（しろたへの），只是白色的修饰语。直至末句，才说出“雪”一词，表达出一种令人惊喜的发现。

白(しろ)たへの真砂(まさご)のうへに降(ふ)りそめて思(おも)ひしよりも

積(つ)もる雪(ゆき)かな

（新续古今·杂下·686；抄·37）

302. **抬望眼，峰上古寺，云层重。**

钟声遥遥，来自云中。

词书为：“日吉社奉作歌咏。”家集中有题“古寺钟”。

近江国的日吉神社，有奉纳歌作之传统。此歌的奉纳时间不明。

林木、山峰的比睿山寺，为云海笼罩。该寺的钟声远远传来。

杜甫有名句为：“晨钟云外湿，胜地石堂烟。”（《船下夔州郭宿，雨湿不得上岸，别王十二判官》；石堂，亦为夔州名胜）与此歌意境相近。杜诗之“湿”字更见显现通感的功力。

見(み)るままに鐘(かね)の音(ね)とほくなりにけり雲(くも)も重(かさ)なる峰(みね)の古寺(ふるでら)

（新续古今·杂下·2013；抄·93）

303. **橘花香，言叶词花，歌传扬。**

追怀上代，风流芬芳。

词书为：“奉作百首歌时咏作。”

如同橘花的芬芳所引发的美感——对前代（平安王朝）歌作的涵泳欣赏，也饱含着对它的追怀、向往。

言(こと)の葉(は)の花橘(はなたちばな)に偲(しの)ぶぞょ代代(よよ)の昔(むかし)の風(かぜ)の匂(にお)ひを

（新续古今・夏・281；抄・15）

304. **浦上风，我之故乡，夜气寒。**

芦屋之里，捣衣声响。

词书为：“在左大臣（足利义教）家，作三首歌时的咏‘故乡捣衣’。”

芦屋，现今的芦屋市及其周边。《伊势物语》第八十七段讲了有关闻捣衣的故事。捣衣，为出征戍边的丈夫捣洗征衣，表现出双方爱情的深切。

浦風もわが住む方の夜や寒き芦屋の郷に 衣うつ声

（新续古今·秋下·535；抄·29）

305. **几多春，美言与松，约寿长。**

青松不变，辞颂无疆。

词书为：“于和歌所咏‘与松约多寿’。”

虽讲说与松共约，实是借松之长青，祝人得长寿。

幾春も同じ言葉の玉松に年に緒そへてなほや契らん

（新续古今·贺·754；抄·40）

306. **和歌浦，前辈歌人，难追迹。**

歌得奉进，我自心喜。

词书为：“奉进永享百首时，述怀。”

永享百首，为后花园天皇于永享五年（1433）召多人各奉进百首歌。后编辑入《新续古今和歌集》，雅世为撰进人。

和歌浦，为纪伊国（在今和歌山市）的歌枕。中古以后，包含“歌之道”的意味。

かけてだに及(およ)ばずながら世世(よよ)の跡(あと)かへるもうれし和歌(わか)の浦波(うらなみ)

（新续古今・杂歌中・1896；抄・84）

尧孝（尧孝　ぎょうこう）

尧孝，明德二年至康正元年（1391—1455），尧寻之子 。法印权大僧都，号常光院。家集为《慕风愚吟集》，著有《尧孝日记》《自歌合》等。歌作见于《新续古今和歌集》。

307. **暮色垂，鸟已栖枝，暮春时。**

晚风吹送，花飞不止。

词书为：“左大臣（足利教义）着咏新玉津社三十首歌春七首之‘夕暮落花’。”

时令为暮春，时光为晚暮。鸟宿高枝，花落低飞。

鳥(とり)は今(いま)塒(ねぐら)を占(し)むる梢(こずえ)にも花(はな)は止(と)まらぬ春風(はるかぜ)ぞ吹(ふ)く

（新续古今·春下·168；抄·9）

308.　**下不多，白茅之上，雪串结。**

花枝低垂，今朝初雪。

词书为：“奉作百首歌时，咏浅雪。”

浅雪，意指下得不大，堆积不起的初雪。

冬庭之中，白茅本枯，而初雪降下，如花生茅草之上，似有春天的惊喜感。

白茅之花本开在晚春、初夏之时，以见此浅雪不大不寒的实感。

降(ふ)るほども浅茅(あさじ)に交(ま)じり咲(さ)く花(はな)の靡(なび)くとぞ見(み)る今朝(けさ)の初雪(はつゆき)

（新续古今·冬·688；抄·38）

一条兼良（一条兼良　いちじょうかねら）

一条兼良，应永九年至文明十三年（1402—1481），关白经嗣之子，母为菅原秀长之女。关白太政大臣从一位，号后成恩寺殿。优长于古典学，著有《歌材良材集》《花鸟余情》等书。歌作见于《新续古今和歌集》。

309.　**神社秋，如撒纸钱，红叶来。**

秋气之行，无禁无碍。

词书为：“永享百首（秋日同咏百首和歌）之‘暮秋’。”

原文的“币”，指奉神时用麻或木棉制成的薄片。原文的“標”，指张绳做禁入的标示。

神社虽为神圣之地，而秋风中，红叶飘飞，全不管禁入的标线。歌意背后，或有寓意，或指“下犯上”的成风。

神垣(かみがき)に幣(ぬさ)と散(ち)りかふ紅葉(もみじ)かな標(しめ)をも超(こ)えて秋(あき)や行(ゆ)くらむ

（新续古今・秋・604；抄・32）

310.　**吾小庐，山风呼啸，楢枝响。**

难以习惯，思之不安。

词书为：“奉作百首歌时之‘山家’。”

百首，即为“永享百首”。 楢，是古书上说的一种质地柔韧的树木。

叙山居寂寞难耐之思。

わが庵(いおり)は絶(た)えず嵐(あらし)のなら柴(しば)に馴(な)れはまさらで住(す)み浮(う)かれつつ

（新续古今・杂中・1827；抄・81）

311.　**白云间，隐隐约约，虹霓现。**

久米岩桥，霜满桥面。

“南都百首”是文明四年（1473），为躲避应仁之乱而疏散到奈良后举办的歌会上之作。

久米之桥，传说造桥之“一言主神”貌丑，只在夜间开工，后更触行人之怒，而跌入谷中，其桥终未能完工。

虹与久米桥，皆寓含恋情、相会的意味，或表达难以相会的遗憾。本首歌即为后者。

白（しろ）たへの雲間（くもま）の虹（にじ）はなか絶（た）えて霜（しも）おきわたす

久米（くめ）の岩橋（いわはし）

（南都百首；集成・P324）

心敬（心敬　しんけい）

心敬，应永十三年至文明七年（1406—1475），权大僧都。初称心惠、连海。作为连歌师而知名，学和歌于正彻。歌作有《权大僧都心敬集》，还有《私语》《独语》等歌论、连歌论书。

312. **处斯世，忧郁不堪。举世中，**

更无一人，值得羡慕。

应仁二年（1468）七月之“百首和歌”中述怀十首之一。

咏关东旅途之感怀。

处斯世而不堪，虽不堪，却更无人值得我所羡慕，表达出身处乱世的绝望心境。

斯(か)くばかり憂(う)き身(み)なれども一人(ひとり)だに羨(うらや)ましき

はなきこの世(よ)かな

（权大僧都心敬集；集成・P324）

313. **秋将尽，心事亦然。芒草散，**

枯野荒凉，钩月影暗。

题为：“暮秋月。”

芒草枯野，是心敬常用到的一个意象，在其《私语》中喻说“寂”之特质时，也说到此。以下共六首，都是心敬的写景寓情之作。意象生动，情致凄切。

秋(あき)の行(ゆ)く心(こころ)もさぞな薄(すす)くちる枯野(かれの)の上(うえ)に細(ほそ)き月影(つきかげ)

（心敬集；秀歌鉴赏·P220）

314. **夜已深，寒月西倾，远江冰。**

飞落孤雁，一声哀鸣。

题为：“江上孤雁。”

心敬关注的景致，多为幽寒凄切者。甚至有评释者说，此雁是“病雁”。

其说当是受到芭蕉俳句，“病中雁，落栖夜寒，旅宿情”（姜编译《日本俳句长编》103句）的意味影响。

深(ふ)けにけり 傾(かたむ)く月(つき)も遠(とお)き江(え)の 氷(こおり) におつる雁(かり)の一声(ひとこえ)

（心敬集；秀歌鉴赏・P220）

315. **夜深时，暗香微送，惊梦起。**

小帘半卷，春风袖里。

题为：“深夜梅。”

此作大有中国诗词之风，且写梅花幽香惊梦，此虽亦为中诗所多见。

但中国诗词所绘格局要大一些，而且更多的是写梅花傲雪的精神气概。

深(ふか)き夜(よ)の梅(うめ)の匂(にお)ひに夢覚(ゆめさ)めて小簾(こすま)巻きあえぬ袖(そで)の春風(はるかぜ)

（心敬集；秀歌鉴赏・P220）

316.　**微光照，眉眼流眄，暗盈盈。**

寝室灯下，背向暗影。

题为：“久别相逢之恋。”

写出女子在与情人久别后再逢良宵时，美丽动人的羞涩神情。

ほのかなる眉(まゆ)の匂(にお)ひもよそ目(め)うき閨(ねや)にそむくる燈(ともしひ)の影(かげ)

（心敬集；秀歌鉴赏 • P220）

317.　**秋风吹，叶落不断。一叶飘，**

悄然入心，山居闲淡。

题为：“落叶。”

落叶秋风的凄伤景致，在心中化成了寂静娴雅的体验。

絶(た)え間(ま)なく誘(さそ)う風(かぜ)よりただ一(ひと)つ心(こころ)とおつる山(やま)ぞ閑(しず)けき

（心敬集；秀歌鉴赏 • P220）

318. **暮色浓，山风疾送，月高秋。**

岭上松孤，遥送寒愁。

题为："月下山风。"

岚，为狂暴的山风。月虽明而风势劲，松虽劲直而寒意更增。

夕(ゆう)されば嵐(あらし)をふくみ月(つき)をはき秋(あき)の高嶺(たかね)の

松寒(まつさむ)くして

（心敬集；秀歌鉴赏·P221）

后花园天皇（后花园天皇　ごはなぞのてんのう）

后花园天皇，应永二十六年至文明二年（1419—1470），伏见宫成亲王（后崇光院）之第一皇子，母为庭田经有之女。第一百零二代天皇，讳彦仁。家集为《后花园院御集》，敕命撰写《新续古今和歌集》，其歌作亦见于此集。

319.　**云低垂，朝日阴影，开门看。**

檐下对山，银雪光亮。

词书为："应仁三年（1469）三月十六日，独吟百首中之一，题为'朝雪'。"

原文的"朝户出"，多说"访妻"之男，早上开门离去。多见于"万叶"歌中。

藤原定家曾有歌咏道："回想到，某年之中，有此况：开门出户，薄雪枯寂。"（《六百番歌合》）本首歌似受此歌之影响。

云蔽朝日，是本首歌的新设之景。

雲深み日は影ろひて朝戸出での軒端の山に雪ぞ輝く

（后花园御集；集成・P325）

320. **明月哟，此时已从，山中出。**

杜鹃入空，鸣唱之初。

词书为：“召进百首歌时，咏‘闻杜鹃’歌。”

等候听杜鹃啼鸣直到深夜，而终于得闻。

月も今山いづらし時鳥深け行く空に声の聞ゆる

（新古今续・夏・256；抄・14）

飞鸟井雅亲（飞鸟井雅亲　あすかいまさちか）

飞鸟井雅亲，应永二十四年至延德二年（1417—1490），雅世之子。权大纳言正二位。家集为《亚槐集》，歌论《笔之迷》，注释有《古今荣雅抄》。歌作见于《新续古今和歌集》。

321.　**炎暑日，暮云默默，上山峰。**

晚雨欲降，等在空中。

词书为：“长禄二年（1458）一月十三日，室町殿月次御会（在室町殿按月举行的歌合会）之歌作。题目或为‘暮云飞’。”

涌起在空中的云，日语称之为“入道云”，本首歌写的就是夕暮时的“入道云”。

熱(あつ)き日(ひ)にしづかにのぼる峰(みね)の雲(くも)ゆふ立(だ)ちすべき空(そら)ぞ待(ま)たるる

（续亚槐集；集成・P325）

322. **难言者，思念之火。池水边，**

萤之思念，身自焦灼。

词书为：“奉作住吉社之歌，咏水边萤。”

围绕“思念”立意，把萤写为思念的具象体现。并无多语说具体的情景，而直见“思念”之中心点。这是日本恋情歌作的焦点。

“言说”的日语发音中的“ひ”，也是“火”之音，同音双关。

池水(いけみず)のいひいでがたき思(おも)ひとや身(み)をのみ焦(こ)がす

蛍(ほたる)なるらん

（新续古今·夏·304；抄·17）

宗祇（宗祇　そうぎ）

宗祇，应永二年至文龟二年（1421—1502），出身未详。号种玉庵、自然斋。作为连歌师、古典学者，名声甚高。歌集为《宗祇法师集》，句集、连歌学书多部；以兼载等的助力，其连歌集《新撰菟玖波集》得以撰写于御前。

连歌，是和歌（短歌）创作的一个新形态：上、下句由不同的人来咏作，既体现歌意的发展变化，也深化咏作者的艺术共鸣和情感交流。

323.　**入梦来，山寺钟声，落山村。**

岭上灯火，云中夜深。

题为："古寺钟。"

人在村中，村在山边，岭上山寺，云中闻钟，展示出闲寂枯淡的"姿"的意境。下句是对上句的情景的发展，也颇似杜甫之诗句"晨钟云外湿"的意味。

夢誘ふ鐘は麓に声落ちて雲に夜深き嶺の灯し火

（宗祇法师集；集成・P325）

324. **草草宿，荒野风号，返乡路。**

风声惊梦，乡情未舒。

虽出自“连歌学书”，着意在显示上、下句的递进、发展、深化的关系。但也是一首很好的完整的歌作。

上句写出情景，下句显现心境，核心是思乡的强烈心情。

故郷は野に吹く風の宿りにて旅寝の夢はやすく覚めけり

（老之游・鉴赏・上・P85）

三条西实隆　（三条西実隆　さんじょうにしさねたか）

三条西实隆，康正元年至天文六年（1455—1537），藤原公保之子。内大臣正二位，法号逍遥院尧空、听雪、逃虚子等。家集为《再昌集》《雪玉集》，日记《实隆公集》。对古典研究的体系化有贡献。

325.　**渐向明，高岭雪亮，山脚雨。**

雨势上连，浮云夜气。

歌题为：“岭雪。”

以“渐向明”，表现出了时间的推移，在此时空中，把夜与晨、雪与雨、峰头与山麓，做了对照与描写，体现了宏大广远的格调。

明(あ)けわたる雪(ゆき)の高嶺(たかね)の麓(ふもと)よりしぐれて上(のぼ)る夜(よる)のうき雲(くも)

（再昌草；集成・P328）

326. **此世上，有谁知我？梅暗香，**

我身独卧，泪雨枕上。

歌题为：“春夜雨。”

作者时已七十多岁，孤愁独卧，而遥闻梅花暗香飘逸，却更添惆怅。

たれか知(し)る世(よ)に言(い)ひ知(し)らぬ花(はな)の香(か)もわが身(み)ひとりの雨(あめ)の枕(まくら)を

（再昌草；集成·P328）

327. **江海接，掠过归舟，飞鹤鸣。**

翼张白羽，波上月明。

歌题为：“浦鹤。”

歌作景观宏大，色彩明亮。原文的“田鹤”，是日本鹤的异名。“掠过”，这样的描绘，为日语表现中所少见，这是作者的一个有新意的描写。

唐代钱起有诗为：“田鹤望碧霄，舞风亦自举。单飞后片雪，早晚及前侣。”（《蓝田溪杂咏二十二首·田鹤》）与此首歌在境界上有相倚倚靠之处。

浦遠く舟を掠めて飛ぶ田鶴の翼に白き波のうへの月

（集雪追加；集成・P329）

细川幽斋（细川幽斋　ほそかわゆうさい）

细川幽斋，天文三年至庆长十五年（1534—1610），可能是足利义晴之子，细川元常之养子，又名玄旨。家集有《众妙集》《耳底记》《玄旨法印闻书》等。著有《九州道路记》。

328. **与谢浦，清风吹云，月清寒。**

月行夜空，天桥光亮。

题为：“冬日浦月。”

“与谢浦”，在宫津湾，为能因之歌枕，《枕草子》中也曾叙及。

“天桥立”本意是通天之桥。具体所指是：京都府宫津湾西岸，从宫津江口指向海浦对岸，约三千米长、百来米宽的沙洲。为日本有名的“三景”之一，以白沙松树之美著称。

作者于天正八年（1600）领国丹后，移驻丰前小仓，他曾亲往“天桥立”。其间或举办歌合会，自然咏及“浦、月、松、桥”等景物。

雲払(くもばら)ふ与謝(よさ)の浦風(うらかぜ)さえくれて月(つき)ぞ夜(よ)わたる天(あま)の橋立(はしだて)

（众妙集·冬·433；抄·14）

329. **山麓上，夕阳晚照，晴光降。**

雪中松林，温煦光闪。

词书为：“霜月（十一月）十九日歌会座上，咏‘雪盖松林’。”

夕阳晚照，是和歌常用的景致。

从寒冷的雪盖松林而感到暖意，是光与色带给人的错觉，成了美感的基点。

夕日影落(ゆうひかげおち)の山元降(やまもとふ)り晴(は)れてあたたかげなる雪(ゆき)の松原(まつばら)

（众妙集·冬·452；抄·18）

330. **古至今，王朝御世，无变更。**

和歌种子，言正心真。

词书为：“庆长五年（1601）七月二十七日，于丹后笼城，奉古今集考订书类于式部卿智仁亲王时咏作。”

关原之战后，与东军合力的丹后守幽斋，夺得了田边笼城。

他作为智仁亲王的和歌老师，在此城举行仪式，将古今相传的有关歌书等赠予亲王，并由此歌表明自己的一些想法。

《古今和歌集·序》有言：“和歌以人心为种子，以万般言词而写成。”

古(いにしえ)も今(いま)も変(か)わらぬ世(よ)の中(なか)に心(こころ)の種(たね)を残(のこ)す

言(こと)の葉(は)

（众妙集·杂·599；抄·27）

近世和歌

（作者 71 人，170 首）

乌丸光广（乌丸光广　からすまるみつひろ）

乌丸光广，天正七年至宽永十五年（1579—1638），光宣之长子，官至从三位权大纳言。学歌于细川幽斋，得授《古今传授》之歌作。亦创作假名草子（一种通俗小说故事）。家集为《黄叶和歌集》，有歌论《耳底记》。另外，传为其所作的还有《竹斋》《尤草纸》《恨之介》《仁势物语》等。

331.　**好容易，等得樱花，开此山。**

花之色香，难得久长。

以“初花”为题。

不只写出樱花的姿容，更多地表现出了内心的冲动性感受。

待(ま)ち得(え)てはなほぞ待(ま)たるる山桜(やまざくら)またたぐひなき花(はな)の色香(いろか)を

（庆长百首；集成・P334）

332. **风吹来，水滴落下，竹叶轻。**

非关露珠，实是流萤。

题为“萤”。

写出夏日夕暮的景致，末句的“流萤”，是全歌的传神之点。让人跟随从错觉到判定的心态过程，做出体味。

吹く風に雫落とせる竹の葉の露と見るより飛ぶ蛍かな

（石清水法乐一夜百首；集成・P334）

后水尾天皇（后水尾天皇　ごみずのおてんのう）

后水尾天皇，永禄二年至延宝七年（1596—1680），后阳成天皇之第三皇子，1611 年即位，1629 年让位于皇女舆子，而自行院政。喜好和歌，嗜好插花。家集为《鸥巢集》，著有《玉露稿》《和歌作法》。

333.　**宫院里，青松亦当，有心愿：**

歌道何能，古意重现?

题为“松”。宽永四年（1627），32 岁天皇在位时作。

超出咏松的题意，充满强烈的热情，表达复古的心愿。

ももしきや松（まつ）の思（おも）はむことのはの道（みち）を古（ふる）きにいかで返（かえ）さむ

（鸥巢集；集成・P334）

334.　**又一层，积雪堆积，标记在。**

初时印象，总亦难改。

题为“初雪”。延宝五年（1677）正月之“五十首和歌”中作。

此时，后水尾院已 82 岁，歌作写出他晚年枯淡的境地。

ひとへなる雪(ゆき)にもしるしものごとに見(み)そむる時(とき)の深(ふか)き思(おも)ひは

（鸥巢集；集成·P334）

335.　**千般色，着意有心，花开放。**

缤纷异彩，心萦花上。

题为“草花”，亦题作“秋花”。

游心于野花之美，以五七调咏出，自有帝王的气派。

当然包含着以草花比喻“草民”的意味，表达出对其的重视与肯定，以及自己要为之勤政的心愿。

さまざまに心移りて咲く花は千種ながらにあかずしぞ思ふ

（后水尾院御集；集成・P334）

飞鸟井雅章（飞鸟井雅章　あすかいまさあき）

飞鸟井雅章，长庆十六年至延宝七年（1611—1679），从一位权大纳言。后水尾院歌坛的代表性歌人，主持出题。从后水尾天皇学习《古今传授》之歌作。家信为《雅章卿千首》，所作《芳野纪行》甚有名。

336. **此深山，虽宜隐居，也通向：**

兴感百般，人生之航。

题为“山家路”。

不单是遁世隐居者的心声，也是普遍的人生的意愿。“道”，也象征着人的新道路。

此歌原本写作：“此深山，不拘如何，可隐居。浮世多忧，唯此为宜。”

（山深く逃れ込し身のいかなれば浮世に通ふ道残すらむ）

据载：得后水尾院之削正，改为此，意味一新。

（《新后明题和歌集》）

山深(やまふか)く逃(のが)れ果(は)ててもあはれ世(よ)に通(かよ)える道(みち)をさすがのこして

（万治御点；集成·P335）

337. **等闲意，心平应对，薄情事。**

虽有怨忿，不言恨思。

题为“绝恋”。

为宽文十二年（1672）二月在公卿宴集会上作。“绝恋”，日语或写为“立恋”，音相同意相通。

代被抛弃的女子立言：虽遭遇薄幸之人，心有责难而无怨恨，唯有自怨自艾之叹。

等閑(なおざり)の心(こころ)よりこそ脆(もろ)しけめ厭(いと)ひ果(は)てては言(い)ひもいでじを

（雅章卿咏歌；集成·P335）

乌丸资庆（乌丸资庆　からすまるすけよし）

乌丸资庆，元和八年至宽文九年（1622—1669），正二位权大纳言，师从后水尾院，得授《古今传授》。继飞鸟井雅章后为那一时代的代表性歌人。家集为《秀叶和歌集》，门人记其言为《资庆卿口授》《续耳底记》等。

338. **天未亮，分手出门，朝露满。**

人生短暂，长聚甚难。

题为“朝别”。

男女共度良宵，分别时的感叹。

作者少失父、祖，长期受后水尾院的关照和指导。此为43岁（1662）时所作歌。

用了古诗歌常用的“朝露”之措辞，表达出对人生、恋情之美好短暂难久的感慨。

暗(く)るる間(ま)もまた出(で)けぬべき朝露(あさつゆ)のはかなくなにに起(お)きてきぬらむ

（万治御点；集成・P335）

339. **虽幽会，相约再遇，似虚语。**

世亦多见，薄情之举。

题为“不得再逢”。

宽文四年（1664），受《古今传授》之教时咏三十首歌之一。

原文第三句的“作伪”，是连接前后歌意的关结点。虽遭薄情，也心存念想，故语气和缓。

よしさらばありし契(ちぎ)りのいつはりに今(いま)のつらさのなる世(よ)をぞ見(み)む

（秀叶和歌集；集成・P335）

日野弘资 （日野弘资　ひのひろすけ）

日野弘资，元和三年至贞享四年（1617—1687），正二位权大纳言。与后西院、乌丸资庆、中通院茂等皆受后水尾院教授《古今传授》。开近世前期的日野家歌学兴盛之先河。有歌学书《日野资弘卿口仪》。

340.　**恨一时，恨尽难忘，两人情。**

回到往昔，柔弱爱心。

题为“难忘恋”。

歌颂作品中人物的感情，对对方的恋慕之情难以消解。直率地做出咏叹，恋之心更显深沉含蓄。

歌作乃是经过后水尾院的修改，更为完美。

ひとたび　うら　は　わす　むかし　かえ　こころよわ

一度は恨み果てても忘られぬ昔に返る心弱さよ

（万治御点；集成・P336）

341.　**春已临，数日冰消，击水音。**

春水溶溶，冰释泠泠。

题为“春水”。为明历三年（1657）二月作。

这是古来多有咏作的歌题。

以平静的笔调，写出从冬到春历时久长的期盼和景致的变化。

うちいづる波(なみ)も音(おと)そふ日数(ひかず)へて氷(こおり)のこらぬ春(はる)の池水(いけみず)

（新题林和歌集；集成・P336）

中院通茂（中院通茂　なかのいんみちしげ）

中院通茂，宽永八年至宝永七年（1631—1710），从一位内大臣。后水尾院门下之才俊活跃于歌坛，至灵元院歌坛的后期，也还占据着重要的位置。家集为《老槐和歌集》。

342. **虽有约，不见人影，言难真。**

空等无益，夜自沉沉。

题为“待恋”。

歌作经过了后水尾院的修改，更突出了等待男子来访的女子的恋慕、不安的内心。

等待已成了自己的习惯，而且往往等不到对方的到来，是无益的空等。

頼(たの)めおきて問(と)はれしいつの成(な)らはしにあやな

小夜(こよ)ひも待(ま)ちふかすらむ

（万治御点；集成・P336）

343. **此路兮，暮秋沉沉，无人行。**

芒草残穗，袖薄风紧。

题为“薄袖”。

上句颇同于芭蕉俳句，“この道や行く人なしに秋の暮（此路兮，暮秋沉沉，无人行）”（见姜编译《日本俳句长编》131句）的意境。暮秋无人，冷寂异常。芒穗已残，秋风萧瑟。

下句亦颇通于杜甫诗：“天寒翠袖薄，日暮倚修竹。”以芒草代修竹，更见枯寂凄凉。

夕(ゆう)まぐれ道(みち)行(ゆ)く人(ひと)は影(かげ)絶(た)えて尾花(おはな)に残(のこ)る袖(そで)の秋風(あきかぜ)

（新题林和歌集；集成·P336）

三条西实教（三条西実教　さんでうにしさねのう）

三条西实教，元和五年至元禄十四年（1619—1701），正二位权大纳言。继承祖父实条家学在近世前期的宫廷歌坛上占据很高的地位。著有《和歌闻书》歌论书。

344.　**夜深时，艳若红叶，地炉火。**

余烬灰白，亦如霜花。

作者晚年之作，包含着对人生的回顾。从火红到凄冷，以夜阑对火的情景画面，表现人生的历程。

深け行(ゆ)けば紅葉(もみじ)に紛(まが)う色(いろ)つきて霜(しも)の花(はな)咲(さ)くねやの埋火(うずみび)

（词林拾叶；集成・P337）

灵元天皇（灵元天皇　れいげんてんのう）

灵元天皇，承应三年至享保十七年（1654—1732），第一百一十二代天皇，1664—1688 年在位。歌作受父亲后水尾院的指导，终成为后来元禄时期（1688—1703）歌坛的领袖，培养了不少的门人。其歌作不拘格套，平易亲切且口语化。家集为《桃蕊集》，有歌学书《作例初学考》等。

345.　**你这花，世上他花，难比攀。**

你啊樱花，人人企盼。

题为“待花”。

在咏花的众多角度中，选择等待与期盼，是一个有新意的角度。

歌作有帝王的伟岸气度，又优雅细腻，作者不愧为一代歌风的引领者。

语态上，用了亲切而敬重的呼告“你”（おもへ）语气，歌意在对谈中展开，富于情感又很新异。

おもへ世に並べての花の類かは桜のみこそ人に待たれめ

（宝永仙洞着到百首；集成・P337）

346. **真可观，野岛船夫，秋装上。**

无意染成，萩花纹样。

题为“海角萩”。日语原文为“崎萩”。

淡路之野岛为海角，自万叶歌以来，多为歌枕。本歌中并不拘泥于此地，是非特指的咏泛。

“萩”，为丛生植物，秋时开紫红色小花。日本歌作中所咏萩花的浪漫与多彩，实与艺术想象有关。

歌作并不泛泛描绘萩花之状貌，而是以感叹词为开端，咏叹当地人无心求美而成真美，把萩花染成衣服的纹样。

みよやこの野島の海人の秋の袖心なくても萩

はなず

が花摺り

（宝永仙洞着到百首；集成·P337）

347.　**寻茫然，相会幽暗，面影亮。**

星光稀微，难定难判。

题为“寄恋于星”。

与恋人相会而星光稀微，只见“面影”（本是日语，意为样貌）；相逢之难，等待之焦灼等心中无底之情状，似皆近于星光之美而微茫。

歌作写得细致而生动，有不同于传统格调的新风。

たど　き　あ　み　よい　おもかげ　ほし　まぎ　さだ

辿り着て逢い見る宵の面影も星の紛れは定か

にぞなき

（宝永仙洞着到百首；集成·P337）

清水谷实业（清水谷実業 しみずたにさねなり）

清水谷实业，庆安元年至宝永六年（1648—1709），正二位权大纳言。与中院通茂、武者小路实阴同为围绕在灵元天皇周围的重要歌人，成为元禄时期（1688—1703）前、后歌坛的重要一员。未有家集，有歌学书《等义闻书》。

348. **庭中水，潺潺流声，寂寥甚。**

花鸟春日，不停流逝。

题为“暮春水”。

取意于《论语》之语：“逝者如斯夫，不舍昼夜。”较之此原意，更多地流露出春光流逝的感伤情绪。

“遣水”，是庭院中建置的与小池、小瀑相配的流水。水音之寂寥，是此歌的新视点。

流れゆく音ぞ寂しき花鳥の春も止まらぬ庭の遣り水

（宝永仙洞到着百首；集成・P338）

349. **对孤灯，壁上唯见，我孤影。**

蓬宇之宿，孤苦伶仃。

题为“闲中灯”。

歌中用语，皆为历来此类歌中所常见，本歌更突出的是自身孤影自照的凄冷境况。

壁に見るわが影をのみともしびに向かうも寂し蓬宇の宿

（新后明题和歌集；集成・P338）

武者小路实阴　（武者小路实阴　むしゃのこうじさねかげ）

武者小路实阴，宽文元年至元文三年（1661—1738），从一位准大臣。灵元帝时代歌坛上的年轻才俊，经常得到灵元帝的褒评。而且受到中御门、樱町两天皇的指导。家集为《芳云集》，歌事札记《词林拾叶》。

350.　**时常会，扪心而问，我之非?**

自劝自诫，知忧知愧。

题为“述孤怀”。

作于宝永二年（1705），作者 44 岁时，学习《古今传授》之歌学已九年。在本首歌中，表明一种谦退之心。

第三句是歌眼，字面意是“谁之过”，实含有自责自悔的心态，或可译为“我之非”。

おりおりの諫(いさ)めになして誰(たれ)ならぬ心(こころ)の問(と)うに

身(み)を知(し)るも憂(う)き

（新续题林和歌集；集成・P338）

351. **全不知，何时相思？昨夜始，**

徘徊瞻眺，心意若痴。

题为“初恋”。

迷茫中，唯觉初恋的奇异，困惑不安，甜美忧郁。

暗示“昨夜”的幽会带给自己恋情感受。

まだ知(し)らぬ思(おも)ひよいつの昨夜(ゆうべ)より眺(なが)めならひし心(こころ)なるらむ

（新续题林和歌集；集成・P338）

乌丸光荣（乌丸光荣　からすまるみつひで）

乌丸光荣，元禄二年至延享五年（1689—1748），正二位权大纳言。师事细川幽斋，后阳成、后水尾天皇时代歌坛的重要成员。和歌之外，连歌、俳谐上也有实绩。家集为《黄叶和歌集》，有得之于幽斋的札记《耳底记》等多部著作。

352. **探寻难，雨湿衣衫。远野上，**

不觉之间，春雨霞光。

题为“春雨”。

上句是旅途的忧郁，下句表现优艳的景致，特别是霞光春雨，有如一个幻想的世界。

首句原文，是探寻而行的意思，意或近于“迍邅”（来回徘徊），但显古拙。

辿(たど)り行(ゆ)く袖(そで)のみ濡(ぬ)れて遠(とお)き野(の)にふるとも見(み)えず

霞(かす)む春雨(はるあめ)

（实阴点稽古百首；集成・P339）

353. **想故乡，独对明月，见形象。**

旅途夜长，恋心难断。

题为“旅恋”。

所说的“旅恋”，并非行旅中的艳遇，而是对远在故乡的心上人的思念。朴素深情，清凄动人。

此歌曾呈送给他的歌作老师灵元帝，帝没有删改，极为褒赞。

原文的“几夜”（いく夜），可理解为长夜，也可理解为“几世”、代代，意味深长。

古里(ふるさと)に独(ひと)り見(み)るらむ面影(おもかげ)をいく夜旅寝(よたびね)の月(つき)に恋(こ)いつつ

（灵元院点堀川百首题；集成・P339）

冷泉为村 （冷泉為村　れいぜいためむら）

冷泉为村，正德二年至安永三年（1712—1774），正二位权大纳言民部卿。祖父为纲、父亲为久，皆促进了冷泉家的中兴。为近世中期最有名的宫廷歌人，门人遍于全日本。歌论有《樵夫问答》，札记有《义正闻书》。

354.　**雨雪降，霏霏难积，雪势缓。**

夜深雨音，变轻变慢。

题为“雪”。

本首咏的是雨中夹雪的情景。雨打屋上，其音稍有变化时，感觉到了雪已夹在雨中了，并不是直接的视觉感知，而是听觉的细腻感觉。

但是，此歌之中，也流现出近世人的一种倦怠感。

降れどなほ積もらぬ雪や混じるらむ夜深き雨の音おもげなる

（樵夫问答；集成・P339）

355.　**稍得见，云间月现。昨夜后，**

心恋空月，盼对俏颜。

题为“对月恋”。

面对幽微的月光，浮起了恋人的美好印象，想起与她幽会的情景。

这一切历经短暂而流逝，故有空幻的感伤。

許(ほ)と見(み)てし雲間(くもま)の月(つき)の昨夜(ゆうべ)より 心(こころ)も空(そら)に慕(した)う面影(おもかげ)

（新续题林和歌集；集成・P339）

松永贞德（松永贞德　まつながていとく）

松永贞德，元龟二年至承应二年（1571—1653）。出生于京都，父亲为连歌师永种。师事于九条植通、细川幽斋。为民间歌人最突出的代表，多有门人弟子，为贞门俳谐的创立者。家集为《逍遥集》，歌学书为《戴恩记》。

356. **葛草原，寒露似珠，晚风穿。**

珠玉成串，惜秋已残。

题为“暮秋草”。

对秋光逝去有一种惋惜的心情。

其本歌当是：“秋野上，秋风吹起，白露降。累累如串，露珠飘散。”（后撰集；小仓百人一首）

本首中，把晚秋的美做了象征化的表现。虽与本歌酷似，但重在别情之美。

まくずはらつゆ　たま　ゆうかぜ　つらぬ　と　あき

真葛原露も玉まく夕風に貫き止めぬ秋ぞちりける

（逍遥集；集成·P339）

357. **秋野上，多彩小花，色零乱。**

唯有一草，叶已枯干。

题为“寒草”。

贞德在其歌学书《初学一叶》中有言：“歌应择题之心而咏之。”不是泛泛而咏，而要抓住“题之心”，用现在的话来说，就是要致力于“立意”精切。

“一草色，碧绿青翠，映衬出：秋野花朵，众色美姝。”（古今集）此当为此首歌的本歌。

本首歌，反其意而用之，不是写绿叶对花美的映衬，而是草之凋枯反衬出花之多彩的美。

か　またひと　くさば　あき　いろいろ

枯れて又一つ草葉となりにけり秋は色々の

はなの

花野なれども

（逍遥集；集成·P340）

元政（元政　げんせい）

元政，元和九年至宽文八年（1623—1668），生于京都，仕于彦根藩主井伊直孝。出家后致力于研究佛典，在深草里建瑞光寺。汉诗文集有《草山集》《扶桑隐逸传》等。从松永贞德学习和歌，家集为《草山和歌集》。

358.　**武藏野，道路迢遥，相逢难。**

聚于梦中，魂惊梦断。

有词书为：“梦于武藏国见友人，倾又惊醒。”

友人为元政为彦根藩士时的朋友。26 岁即出家的元政，极力疏远豪门权贵。然于知交友人，或当情重，然道路远隔，且僧俗各别，不仅相逢不易，梦中相聚也实难。

武蔵野(むさしの)は思(おも)ふ夢(ゆめ)ぢも果(は)てや無(な)き逢(あ)はでぞかえる転寝(うたたね)のとこ

（草山和歌集；集成・P340）

359. **红叶落，飞入庭中，色红黄。**

廊檐山风，秋雨斑斓。

题为“山居秋雨”。

深秋时，远离人世的隐居处，山风入庭，红叶飘飞。

红黄之色，染于秋雨之上——这是歌眼之所在：秋雨现红叶之色。或出于实景观照的错觉，或出于想象。然实美异非常。

元政之歌，多是古今风的平明端秀，也不乏新古今风的美艳流丽。

散(ち)り残(のこ)る紅葉(もみじ)を庭(にわ)に誘(さそ)いきて色(いろ)に時雨(しぐれ)る軒(のき)の山風(やまかぜ)

（草山和歌集；集成·P340）

360. **冬夜寒，桥姬空等，唯雪降。**

宇治乡人，足印雪上。

题为“乡雪”。

桥姬，为传说中守护宇治桥的女神，常用以喻指等待情郎的女子。

情郎未来，本无其脚印留于雪上。而晨起之宇治人，行走雪上而留下脚印。这样以无当有，亦似桥姬之情郎来过。

橋姫(はしひめ)の待(ま)つ夜空(よむな)しく降(ふ)る雪(ゆき)に今朝(けさ)跡(あと)つくる宇治(うじ)の里人(さとひと)

（草山和歌集；集成・P340）

宫川松坚（宮川松堅　みやがわしょうけん）

宫川松坚，宽永九年至享保十一年（1632—1726），生十京都，跟从松永贞德学习和歌，贞德去世后，受木濑三之之教。保持贞德门之风并有创新。编有歌集《倭歌五十人一首》。

361.　**秋成忧，为世所嫌，何以堪?**

九月莫留，少添人烦。

题为“暮秋”。

秋起悲忧，文学作品多如此想。这是站在人的角度，对人的心情的观照。

本首歌站在“秋”的立场上发想：自己为人所嫌，不如早些离开，莫为人添堵！

把秋拟人化，充满机智地发想，推言“秋”之所想，是近世游戏式和歌的表现。

うき秋(あき)と世(よ)に疎(うと)まれて長月(ながつき)の長居(ながい)せじとや暮(く)れ急(いそ)ぐらむ

（和歌五十人一首・追加；集成・P341）

362. **拂还来，野风白雪，蒙头盖。**

臂鹰狩猎，“老”却追来。

题为“鹰狩”。

并未直接写狩猎的情景，而是半开玩笑地说起被“老”追得逃不脱。因为原野上风雪扑面，尽成白头。

谐谑可笑，有俳谐之风。

払(はら)いえぬ野風(のかぜ)に雪(ゆき)を頂(いただ)きて逃(に)げなき老(お)いと見(み)ゆる鷹人(たかひと)

（和歌五十人一首・追加；集成・P341）

冈本宗好（冈本宗好　おかもとむねよし）

冈本宗好，生年未详，卒于延宝九年（1681）。生于京都，从松永贞德、木下长啸子学习和歌。与山本春正交好，与出自江户的水户家之文人关系很深。咏歌多见于《文翰杂编》，且有歌集《宗好咏草》《露底集》。

363.　**音羽川，冰溶波音，方可闻。**

今朝雾笼，其声变闷。

题为“朝雾”。

本首歌原文中，所有提到“雾”处，都写的是“霞”。日语中时有雾、霞不分的用法，低雾高霞，春霞秋雾。“霞”字只是有时如中文词意，指“红霞”。

歌中是说川上雾气笼罩，似使流水声呜咽不畅。

氷(こおり)霜(しも)解(と)けぬる波(なみ)の音羽川(おとはがわ)今朝(けさ)や霞(かすみ)に又(また)咽(むせ)ぶらむ

（露底集；集成・P341）

364.　穿成串，白露珠玉，丝绦上。

春风摇荡，柳丝璀璨。

题为“柳露”。

以珠玉喻露水，已多见于诗歌中。如白居易“露似珍珠月似弓”。

本首歌的新姿是：春风吹动珠串而光彩夺目。

歌作原文用了“添乱”来形容，“乱”的意味，也如白诗的“乱花渐欲迷人眼”之用，是说花的光色多样与变化。

貫(ぬ)き止(と)めよ 柳(やなぎ)の糸(いと)の春風(はるかぜ)に乱(みだ)れ添(そ)えたる露(つゆ)の白玉(しらたま)

（露底集；集成・P341）

和田以悦（和田以悦　わだいえつ）

和田以悦，庆长元年至延宝六年（1596—1678）。生于京都。松永贞德的高徒，得其教习《古今传授》。编辑《逍遥集》《白鸟千首》，并为之序跋，彰显贞德之功。咏歌不少。

365.　**山中屋，如此迢遥，远世俗。**

梦如浮桥，忧世难处。

题为“山家梦”。

表达世俗之事，是实难了断的烦恼。即使远离世俗，隐栖于山中小屋，梦中所见也为世俗之事。

“梦之浮桥”，本多用来说恋情之沟通，这里说的是山中与世俗的连接。

世の中よかく遠ざかる閨間までとすればかかる夢の浮橋

（追福千首和歌；集成・P342）

望月长孝（望月长孝　もちづきちょうこう）

望月长孝，元和五年至延宝九年（1619—1681），生于京都。受松永贞德之指导，受其口传歌学而成为二条派私授的宗师之一。歌论有《歌道或问》，家集为《长孝师家集》。

366.　**葛叶翻，秋风旅途，宿山冈。**

深恨我身，难归故乡。

题为“秋旅”。

歌中的“葛叶翻”，是和歌中屡见的一个形象建构。表面是说风吹葛叶，使它的背面翻出来，实际上“见到背面”的发音与“恨”“怨”同音（うらみ），是为了表现怨恨的情感。

本歌中的旅途思乡之情，表现为不得回归家乡之恨。

枕かる岡辺の葛の恨みても我れやは帰る古里の空

（桂云集类题；集成・P342）

367. **月映川，影行波间，红叶荡。**

月影摇红，冬日河上。

题为“冬河月”。

未写寒月，却写了一个“红月”。不能说就是写实之景，很可能出于想象：月映水中，水上本有飘落的红叶在荡漾，故染月影成红色。

或是意象派诗论所说的“意象叠加”。其真情实况，难以想象。

影(かげ)映(うつ)す波(なみ)の上(うえ)行(ゆ)くもみじ葉(は)に月(つき)を染(そ)めたる

冬川(ふゆかわ)の水(みず)

（桂云集类题；集成·P342）

平间长雅（平间长雅　ひらまながまさ）

平间长雅，宽永十三年至宝永七年（1636—1710），或生于江户，入日野弘资门下，与望月长孝亲近，得其私授而继承之，为京都之民间歌坛所重。家集为《风观窗长雅家集》。

368.　**从何生，淡红霞光，悄然满。**

迎来朝阳，春日峰端。

题为“朝霞”。

此歌中的“霞”，是真红霞，不是前面冈本宗好歌中写“霞”说“雾”。

本首写天未明时即等待日出，既见红霞满天，再迎日出峰上。

そことなく薄紅(うすくれない)に霞(かす)むなり朝日(あさひ)待(ま)つ間(ま)の春(はる)の山(やま)の端(は)

（风观窗长雅家集；集成・P342）

369. **鱼鹰船，夏夜苦短，风物换。**

人世仓皇，可惜可叹。

题为“见鱼鹰川上”。

夜观人操鱼鹰捕鱼，夜短事毕。

作者别有所感：人处忧世，人生短暂，如乐见之事即成过去。

あやにくに惜(お)しむ心(こころ)の鵜飼(うか)い船(ふね)さすがこの世(よ)も短夜(みじかよ)の空(そら)

（风观窗长雅家集；集成・P343）

有贺长伯（有贺长伯　あるがちょうはく）

有贺长伯，宽文元年至元文二年（1661—1737），生于京都，学歌于望月长孝、平间长雅，继承二条派的走向民间的传统，有多部如《初学和歌式》《歌枕之秋的觉醒》等启蒙歌学书刊行。家集为《秋叶愚草》。

370.　**山风吹，松涛搅醒，晓窗梦。**

鹿鸣声声，亦在梦中。

题为“晓窗鸣鹿”。

《新古今和歌集》有相关的两首歌：

山岭边，松树梢头，山风动。宿梦醒来，鹿鸣山中。（惟明亲王：秋下・442）

鹿鸣声，突惊沉梦，恋心动。梦境逝去，秋思正浓。（慈圆：秋下・445）

此二首，应是有贺此首歌的本歌。细川幽斋在《闻书全集》中评说此歌之可取中的一点就是：“读了本歌二首而拟作之。”本歌取，是近世宫廷风歌作的重要元素。

松（まつ）に吹（ふ）く嵐（あらし）の窓（まど）の東雲（しののめ）に夢（ゆめ）の跡（あと）とふさを鹿（しか）の声（こえ）

（秋叶愚草；集成・P343）

371. **夜深时，人声已绝，月轮孤。**

村中犬吠，空寂清枯。

题为“村月”。

歌作将荒僻村落的夜景，冷月犬声，导向了世近艺术理念“枯寂”（さび）、“空寂”（わび），让人可做形象的体味。

見（み）る人（ひと）は更（ふ）けしづまりて里（さと）の犬（いぬ）の声（こえ）のみ月（つき）に残（のこ）る寂（さび）しさ

（秋叶愚草；集成・P343）

北村季吟（北村季吟　きたむらきぎん）

北村季吟，宽永元年至宝永二年（1624—1705），生于京都。依托贞门俳人的活动，著有《八代集抄》《源氏物语湖月抄》《枕草子春曙抄》等古典注释书，其功甚著。为江户幕府时代歌学的开端。和歌集有《向南集》《季吟子和歌》。

372.　**今日晨，开启雕窗，闻暗香。**

庭风轻送，春意芬芳。

题为“初花”。

时为早春，风犹料峭，而梅送幽香，故感愉悦。

王安石有名诗：“墙角数枝梅，凌寒独自开。遥知不是雪，为有暗香来。”此首歌与之仿佛。

“槙户”，是用杉、桧等上等木材制作的窗板。“开窗”与“花开”形成意味关联。

槙(まき)の戸(と)や今朝開(けさひら)けたる初花(はつはな)の匂(にお)いを送(おく)る庭(にわ)の

春風（はるかぜ）

（新玉津岛社奉纳百首；集成・P343）

373. **暮色浓，寻路来看，冈上松。**

暗影一片，涛声隆隆。

题为“暮色松风”。

看松而未见松，只闻松涛声响在暗影之中。歌情凝重，格调很高。

这样的写法、意境，前所罕见，新鲜动人。

暮（く）れ深（ふか）み道（みち）の知（し）る辺（べ）と見（み）つつこし岡辺（おかべ）の松（まつ）も音（おと）ばかりして

（近代和歌一人一首；集成・P344）

今井似闲（今井似闲　いまいじかん）

今井似闲，明历三年至享保八年（1657—1723），生于京都。从木濑三之、下河边长流学习和歌，后热衷于契冲的“万叶”研究，著有《万叶纬》。将自己收藏的典籍书类奉交上贺茂神社，得以流传至今。

374.　**化为风，梅香难送，她袖中。**

冷漠之人，两情难同。

题为“以梅寄恋”。

以身化为风送梅香，却难进入无情无义之人的袖中。《拾遗和歌集》有歌为：“化身为，夏日凉扇，冬火炉。无情之人，也靠不住。”

梅(うめ)が香(か)を誘(さそ)える風(かぜ)に身(み)をなしてつれなき人(ひと)の袖(そで)に入(い)らばや

（倭歌五十人一首；集成·P344）

木下长啸子（木下长嘯子　きのしたちょうしょうし）

木下长啸子，永禄十二年至庆安二年（1569—1649），生于尾张。仕于其叔父丰臣秀吉，在关原之战后，舍弃武士头衔而隐居。为近世初期最著名的文人，在风雅格调中度过后半生。和歌出于细川幽斋之门，有家集《举白集》。

375. **夜空下，沉静异常，樱花上。**

胧月一轮，独倚清寒。

题为“春夜”。

原文一、三两句，都各多一音为六音，日本谓之“字余”，是对格律的突破，也有传递情调的效果，更显音韵悠悠，情思绵长。

原文句首的本意是整个“上下四方”，它和句尾的“独自一个”形成鲜明的对比。

よもの空(そら)は更(ふ)け静(しず)まりて花(はな)の上(うえ)にただ朧(おぼろ)なる月独(がつひと)りなり

（举白集；集成·P344）

376. **故乡有，双燕双栖，古梁巢。**

巢今犹在，空有月照。

题为“故乡月”。

第二、三句，意境同于卢照邻《长安古意》“海燕双栖瑁玳梁”，白居易《上阳白发人》“梁燕双栖老休妒”。歌之新意，出于汉诗文的意趣。

梁上的燕巢，是歌意的焦点。往昔时有燕栖，而今已成空巢，凸显荒芜凄寒。

里(さと)は荒(あ)れて燕並(つばめなら)びし宇梁(うつはり)の古巣(ふるす)さやかに照(て)らす月影(つきかげ)

（举白集；集成·P344）

377. **吾挚友，愰才隔日，未相见。**

不料忽闻，已离世间。

有词书为：“一久未往访之友人已作古。”

虚幻的人生，短暂的相聚。长啸子在其《东山山家记》中有言：曾对谈清闲得失，挚友之语犹存而人已去矣。倍感空幻。

思(おも)ふどち一日(ひとひ)も疎(うと)く過(す)ぐさめやいつと定(さだ)めぬ世(よ)のはかなさに

（举白集；集成・P345）

佐河田昌俊（佐河田昌俊　さかわだしょうしゅん）

佐河田昌俊，天正七年至宽永二十年（1579—1643），生于下野，仕于永井尚政，在大阪之战中有战功。与木下长啸子、松花堂昭乘、小堀远州等交往甚密。和歌学习飞鸟井雅庸等。

378.　**吉野山，待其樱花，朝朝念。**

屡将峰云，视作花开。

题为“待花”。

此歌之作，上承西行之作：“吉野山，日日眺望，樱花梢。我心向往，我身跟上。”（山家集·66）当时深得上下各方的好评。如：为后阳成院叹赏（见《续近世畸人传》），得蕉门俳人视为“风雅”之范例。

吉野山(よしのやま)花(はな)待(ま)つころの朝(あさ)な朝(あさ)な心(こころ)にかかる峰(みね)の白雲(しらくも)

（集外歌仙；集成·P345）

山本春正（山本春正　やまもとしゅんしゃう）

山本春正，庆长十五年至天和二年（1610—1682），生于京都。莳绘（植物画）师春正派之始祖。歌学初师事松永贞德，后入木下长啸子门下，编集《举白集》；在水户家做事，刊行《古今类句》。家集为《舟木集》。

379.　**分别人，即使手有，还魂香。**

也难挽回，离魂痛断。

题为“别情寄于烟”。

这里说的“别情”，就是男女相会后清晨难舍难分的情恋。原文中的“玉”与“魂”同音，一词二意。歌意的核心是“还魂香”难救“离别路”之伤痛。

なき玉(たま)は返(かえ)すけぶりもあるものをまたも頼(たの)めぬ

袖(そで)の別(わか)れ路(じ)

（正木之鬘；集成・P346）

木瀬三之（木瀬三之　きせさんし）

木濑三之，庆长十一年至元禄八年（1606—1695），居住于山科、大津。得宫川松坚、今井似闲指导歌学，与松永贞德交往。以万叶研究知名。歌作见于《倭歌五十人一首补》。

380. **常春藤，斑斓红叶，绕松树。**

人生于世，浸染世俗。

题为“松上藤”。

萦络于松树上的常春藤，当其化为红叶时，松树亦成红叶之色。以喻说人生于世，难免不受世俗浸染。人虽欲孤高出尘，而实不可得。

世に住まば世に染まれとや蔦の葉のおのが紅葉
を松にかすらむ

（倭歌五十人一首补；集成·P346）

下河边长流　（下河边长流　しもこうべちょうりゅう）

下河边长流，宽永三年至贞享三年（1626—1686），本名小崎彦六。大和国武士之子。十八九岁起，读《古今和歌集》，创作连歌。离开主君，上京仕于三条西实家，抄写《万叶集》。数年后辞去。回归大阪，一生独身、隐居。学和歌于木下长啸子，精通"万叶"与歌学。家集为《晚花集》，编有《林叶累尘集》。

381.　**小山田，冬日夕阳，光亦寒。**

插柳叶枯，树矮影残。

题为"寒树"。

描绘冬景之作。小山田，并非地名，而是山地之田。

夕阳之光照（さし），连带双关"插"（さし）之意——插柳。新插植不久的小柳树苗。树矮叶枯，更见凄寒。

おやまだ　ふゆ　ゆうひ　やなぎか　みじか　かげ
小山田に冬の夕日のさし柳枯れて短き影ぞ
のこ
残れる

（长龙和歌延宝集；集成・P346）

382.　**我回还，却非衣锦，还故乡。**

红叶龙田，锦绣满山。

词书为：“大和国，终是故乡。”

龙田，为大和国的歌枕，为红叶之名所；其发音与“裁制”同，皆たつ，故暗含“制锦衣”之意；且又与立身立名之“立”同音，故又暗指立身成名。

作者年轻即立志歌道，成就却终非易事。回来时虽有挫折感，但想龙田红叶之灿烂，仍有励志之意在。

つい　き　かえ　にしきたつた　なん　ふるさと
終にわが着ても帰らぬから錦龍田や何の故里
やま
の山

（长龙和歌延宝集；集成・P347）

契冲（契冲　けいちゅう）

契冲，宽永十六年至元禄十三年（1640—1701），尼崎人。少年时出家于里中的妙法寺，后入高野山修业，24 岁被授予阿者梨，40 岁时为妙法寺住持。受将军德川光国之命，继下河边长流之后，历时八九年，完成《万叶集代匠记》。52 岁时，隐栖于圆珠庵，研究古典、国语学。咏歌度日。与村田春海等国学研究者关系密切。著有《万叶集代匠记》《厚颜抄》《古今余材抄》等假名书写之古典研究注释书。家集为《漫吟集》。

383.　**雨交加，风吹雨打，花零落。**

花飞故里，寒春夕暮。

题为“落花”。

一、二句之遣词，近于山上忆良之长歌《贫穷问答歌》起首之句：“风交加，下雨之夜，雨雪夹，长夜雪下。”契冲研究“万叶”，吸取其技巧与表现手法。

当然他也甚热衷于呈现“古今风”和“新古今风”，有更多幽婉的情调。如下句展示的意境。

雨(あめ)まじり風(かぜ)うち吹(ふ)きて古里(ふるさと)に散(ち)る花寒(はなさむ)し春(はる)の夕暮(ゆうぐ)れ

（漫吟集；集成・P347）

384. **旅途苦，一夕一夜，掐指数。**

野昏山暗，重重来路。

词书为：“旅途之咏歌。”

原文用重复音、词，表达山重水复，连日行旅之苦烦（夕べ夕べ、野くれ山くれ）。

言简而意赅，手笔不凡。

草枕(くさまくら)夕(ゆう)べ夕(ゆう)べに数(かぞ)ふれば野(の)くれ山(やま)くれわれは来(き)にけり

（漫吟集；集成・P347）

385. **富士峰，山有神明，玉座弘。**

雪之伞盖，张在空中。

题为“名所之歌”。

描绘富士山的景致，既有神话式的想象，又有生动形象的比喻。

较之山部赤人之名歌：“田子浦，匆匆出望，富士山。高岭雪降，素裹银装。”（万叶・三・318；姜编译《日本古代和歌 400 首》・歌 223）更显得威严有势，生动可观。

富士(ふじ)の嶺は山(やま)の君(きみ)にて高御座空(たかみくらそら)にかけたる雪(ゆき)の衣笠(きぬがさ)

（漫吟集・杂歌）

山名玉山（山名玉山　やまなぎょくざん）

山名玉山，元和九年至元禄七年（1622—1694），生于江户，作为幕臣历任御书院番等。户田茂睡之堂兄。主要向清水宗正学习和歌。有《正木之鬘》《鸟之迹》等咏歌留传。

386.　**翠色添，堤上杨柳，润如烟。**

春雨带霞，夕暮道远。

题为“雨中柳”。

两个新颖的词语是“添绿”和“黄昏道”。虽非特定的某处胜景，但笔触细腻优美，境界清新迷人。

緑添(みどりそ)ふ堤(つつみ)の柳(やなぎ)うち湿(しめ)り春雨(はるあめ)かすむ夕暮(ゆうぐれ)の道(みち)

（鸟之迹；集成・P347）

户田茂睡（户田茂睡　とだもすい）

户田茂睡，宽永六年至宝永三年（1629—1706），生于三河武士渡边家，为户田家的后嗣。仕于冈崎藩。致仕后入于江户的文雅生活，向堂兄山名玉山学习和歌。对传统歌学持批判态度。有歌学书《梨本集》，编有歌集《鸟之迹》。

387. **夕雾浓，谷中山寺，无影踪。**

日暮乡里，悠悠晚钟。

词书为：“太田道灌之日暮里别邸。”

谷中，在今东京上野公园西北，其处多寺宇。日暮里与谷中相接，有山名“道灌山”。茂睡好以江户之风土入歌，是江户新歌枕的开拓者。

夕霧(ゆうぎり)に谷中(やなか)の寺(てら)は見(み)えずなりて日暮(ひぐ)れの里(さと)に響(ひび)く入相(いりあい)

（鸟之迹；集成・P348）

原安适（原安适　はらあんてき）

原安适，生卒年未详，据传卒于享保（1716—1736）初，年七十三。师事山本春正、清水宗川。与水户家的文人交游密切，为江户歌坛上的重要歌人。

388. **霜虽重，蕉叶残留，耐秋风。**

蕉翁之叹，遗响世中。

词书为：“读芭蕉翁之作，循其遗迹，自为旅人，而咏歌之。”

追迹松尾芭蕉的诗意，构创意境，以表追怀之意。芭蕉多有写秋的知名俳句，哀音动人。如：“风吹髭，暮秋慨叹，杜与余。”“听猿悲，秋风弃儿，何其同。”“坟冢摇，我之哭声，共秋风。”（见姜编译《日本俳句长编》49、52、92句）

秋風(あきかぜ)にたへて暫(しば)しは残(のこ)りしも霜(しも)の芭蕉(ばしょう)のあはれ世(よ)の中(なか)

（枯尾花；集成・P348）

荷田春满（荷田春満　かだのあづままろ）

荷田春满，宽文九年至元文元年（1669—1736），出身于京都伏见的稻荷神社的神职之家，有家学的神道、神职，以及和歌的渊源而通之。受江户有文化名声的幕府将军德川吉宗的求教，著有《万叶集僻案抄》等书。家集为《春叶集》。

389.　**一床书，半床未读。向老矣，**

夜深窗口，灯光透出。

题为“岁暮”歌中之一首。

核心表达的是行行向老，学问之事未竟，心中惴惴不安。与这样的唐诗意味有相近处：“寂寂寥寥扬子居，年年岁岁一床书。”（卢照邻《长安古意》）“雨中黄叶树，灯下白头人。”（司空曙《喜外弟卢纶见宿》）

見(み)る書(ふみ)は残(のこ)り多(おお)くも年暮(としく)れて我(わ)がよふけゆく窓(まど)の灯(とも)し火(ひ)

（春叶集；集成・P348）

贺茂真渊（贺茂真渊　かものまぶち）

贺茂真渊，元禄十年至明和六年（1697—1769），出身于远江浜松的一个神职之家。从荷田春满、在满学习国学。以国学研究，及提倡“万叶调”和歌为后世所重。家集为《贺茂翁家集》，有歌论《歌意考》等。

390. **放眼看，香具山与，亩傍山。**

争相俊美，春霞轻展。

题词为：“在家咏歌：春日望山有感。”

天之香具山，与亩傍山、耳梨山，共为“大和三山”。

本首歌着眼前二者之争美，展示的是广阔的“心象”——不是实际所见，而是心中所想。这也是真渊所自诩的一首歌。

見(み)わたせば天(あま)の香具山(かぐやま)うねび山(やま)争(あらそ)い立(た)てる

春霞(はるかすみ)かな

（贺茂翁家集；集成・P348）

391.　**艳阳天，春光一片，心欢欣。**

丽姿挺出，樱花山间。

题词为：“县居翁家歌会兼题当座歌，探题得‘樱花’。”

原文“县居”，即乡居，是贺茂真渊的家号，“县居翁”即自指。真渊自评为：“此乃前所未有之明丽之歌。”歌中说到的“心”，意指春之心，把春拟人化。

再用了多个和煦、明媚、平静、映照意味的修饰，展现山间樱花之美。

うらうらとのどけき春（はる）の心（こころ）より匂（にお）い出でたる山桜花（やまさくらはな）

（贺茂翁家集；集成・P349）

392.　**月儿高，朗朗普照，秋夜明。**

月影之中，过雁飞鸣。

题词为：“九月十三日夜在家作。”

本首为多首连作中之一首。明和元年（1764），真渊 68 岁时，他在江户浜町新造居所，与众人共聚赏月时所咏。

歌中之景象，明丽如画，有万叶歌作的明朗风调。

秋(あき)の夜(よ)のほがらほがらと天(あま)の原(はら)照(て)る月影(つきかげ)に
雁(かり)鳴(な)き渡(わた)る

（贺茂翁家集；集成・P349）

393. **蟋蟀鸣，我庐乡居，月徘徊；**
雅客来访，心之大愿！

此亦为上述连作中之一首。

有乡村风致的新居——“乡居”的夜景：虫鸣、明月、清风、访客，皆我之所愿！

真切率性，自然浑睦。

こほろぎの鳴(な)くやあがたのわが宿(やど)に月影(つきかげ)清(きよ)し

訪う人もがも

（贺茂翁家集；集成·P349）

394. **水鸟地，葛饰早稻，酿酒成。**

举杯相祝，月斜夜深。

上述连作之一首。

葛饰，是隅田川以东一带的地名，也是真渊的新居所在地。

首句是葛饰的枕词修饰语，写为汉字可写“鳰鸟”即鸊鹈，一种小水鸟。用法出现于《万叶集》中。

本首歌可谓是“拟万叶主义”的体现，多用其词语和句法。

にほどりの葛飾早稲のにひ絞り汲みつつおれば月傾きぬ

（贺茂翁家集；集成·P349）

395. **杉木柱，名工作成，屋中立。**

志于古学，坚定不移。

词书为：“宝历五年（1755）九月二十六日，造会客间时祝愿之作。”

虽说的是建房，意在表达自己矢志不移地研究日本古典的决心。

飞驒，古国名，在今岐阜县，据载，每年派出数名工木匠往京都服役。

上句是一个故事式的修饰：名工立柱，以表达下句之意：矢志不移。虽未说志之所在，以真渊一生追求而言，就是古学研究。

飛騨たくみ褒めて作れる真木柱たてし心は動かざらまし

（贺茂翁家集；集成・P349）

田安宗武（田安宗武　たやすむねたけ）

田安宗武，正德五年至明和八年（1715—1771），出生于江户。为德川吉宗之次子，也是田安氏之祖。向荷田在满、贺茂真渊学习国学，也长于“万叶调”的和歌。家集为《天降言》，歌论有《国歌八论余言》《歌体约言》。

396. **春朝哟，春日野边，多晴光。**

村中少女，采堇正忙。

题为“堇”。

堇菜，草本，根如荠，叶如细柳，蒸食之甘。可入药。

一、二句连用了两个“春日”，一是本意，也作为后者的枕词；二是奈良的地名，泛指乡间。第三句用了感叹助词，其原文（かも）多见于万叶歌中。

全歌显得质朴自然，有古风。

はる日(にち)の春日(かすが)の野辺(のべ)に今朝(けさ)もかも里(さと)の少女(おとめ)ら菫(すみれ)摘(つ)むらむ

（天降言；集成·P350）

397. **云雾笼，卷向桧原，雪降时。**

往昔之事，今已难知。

题为“雪”。

所举之地，“卷向”“桧原”，为大和城上郡之山，卷向有往昔景行天皇的日向宫在。

万叶歌中，有咏其山雪降的歌作，本首在想象、推想中写其雪景，也是拟古歌格调之作。

天(あま)ぎらいみ雪降(ゆきふ)れれば巻向(まきむく)の檜原(ひばら)もわかず今(いま)はなりぬる

（天降言；集成·P350）

加藤宇万伎（加藤宇万伎　かとううまき）

加藤宇万伎，享保六年至安永六年（1721—1777），生于江户，本姓藤原。大垣新田藩士，后为幕府的大番与力。入贺茂真渊门下，又得上田秋成的指导，渐知名。家集《静屋歌集》为上田秋成所编。

398. **草萋萋，武士横尸，岁月去。**

桔梗原上，秋风犹寒。

题词为："昔日甲斐、信浓的赳赳武夫，被称颂者之坟冢至今仍在。"

这是宇万伎作为幕府大番的番士，经中山道去往大阪时作。桔梗原，在信浓国盐尻，是当年武田晴信击破小笠原长时的古战场。

歌作以"秋风寒"等词句写出回想凭吊时的哀感。有着有如杜甫"国破山河在，城春草木深"，以及芭蕉"夏草深，兵士梦消，犹有痕"式的悲伤情怀。

もののふの草生す(くさむ)屍(かばね)年(とし)ふりて秋風(あきかぜ)さむしきち

かうの原(はら)

（静屋歌集；集成・P350）

楫取鱼彦（楫取鱼彦　かとりなひこ）

楫取鱼彦，享保八年至天明二年（1723—1782），生于下总，本姓伊能，为佐原村名主。入贺茂真渊门下，编辑《古言梯》。专念于研究江户茅庵建构，热心咏歌，很好地继承了真渊的学问。家集为《楫取鱼彦家集》。

399. **高天上，荒荒劲吹，秋风中。**

有云摇晃，有云飞动。

题为“咏云”。

写所见景象而意寓其中：在相似的大环境中，不同的自然形态，有似于社会中人的不同的人生表现和态度。

天(あま)の原(はら)ふきすさみける秋風(あきかぜ)に走(はし)る雲あれば

摇蕩(たゆた)ふ雲(くも)あり

（楫取鱼彦家集；集成・P350）

荒木田久老（荒木田久老　あらきだひさおゆ）

荒木田久老，延享三年至文化元年（1746—1804），生于伊势，内宫权祢宜。与贺茂真渊一起学习国学，专注于万叶研究，有《万叶考槻落叶》问世，尽力校订刊行真渊的著作。家集为《槻落叶歌集》。

400. **醒来时，沉于忧思，闻水声。**

宫川激濑，夜深如震。

题为“川”。

“度会川”，就是流经伊势神宫周围的宫川。夜深人静之时，河中水流激石的声响更鲜明，与忧思中的内心有更多的撞击。

おきいつつ物思(ものおも)ひをれば度会(わたらい)の川音高(かわおとだか)しもさよ更(ふ)けぬらし

（槻落叶歌集；集成・P351）

本居宣长（本居宣长　もとおりのりなが）

本居宣长，享保十五年至享和元年（1730—1801），生于伊势松阪。跟从堀景山学习汉学，后入贺茂真渊门下。作为国学者，有《古事记传》等著作多部。歌集有《铃屋集》《石上稿》，歌论有《排芦小船》《石上私淑语》。

401.　**立春日，此日日光，出日本。**
朝鲜唐土，方始知春。

题为“咏元日”。

宣长不仅是醉心于日本国学的学者，也抱有“日本优越论”的主张。

虽然日光初升，一日之始，是先日本而后朝鲜再后中国，本是地望的实情，但他的歌中做如此铺陈，是其优越感偏见的表现。

さしいづる此(こ)の日(ひ)の本(もと)の光(ひかり)より高麗唐土(こまもろこし)も春(はる)

を知るらむ

（铃屋集；集成·P351）

402. **春来到，树梢叶下，莺鸣叫。**

水分神社，往事萦绕。

题为“参诣水分神社”。

是宽政十一年（1799），宣长 70 岁时所作。

水分神社，位于吉野。早先，宣长之父曾在此为其祈福，成人后的宣长此前也曾两次参诣过此神社。

歌作写了吉野的春景，也写出了自己对往事的怀想。

春されば木末が下に鳴く鳥も声懐かしき水分の山

（铃屋集；集成·P351）

403. **若有问，何为日本，大和心?**

朝日映照，樱花美景!

这是宣长 61 岁时，书于自画像上的一首歌。

把对樱花的美与爱上升到对日本本质的认识。

既是对自己国家的肯定与歌颂，也是对自己的一种赞许。

敷島(しきしま)の大和心(やまとこころ)を人(ひと)とはば朝日(あさひ)ににほふ
山桜花(やまさくらはな)

（自画赞；集成・P351）

栗田土麻吕（栗田土麻吕　くりたひぢまろ）

栗田土麻吕，元文二年至文化八年（1737—1811），生于远江，到江户入于贺茂真渊门下。真渊逝世后，随本居宣长学习。有家集《栗田土满咏草》，还有一部分作为《冈屋歌集》刊行。

404. **大井川，浅滩栅栏，映花光。**

棠棣几度，照影开放。

题为“棠棣”。

棠棣，花黄色，又称“面影花”，日本认为从其映水花影中可看到已亡故的人的面容。大井川，流经骏河、远江的河流。

大井川瀬々(おおいがわせぜ)のしがらみ匂(にお)ふまで八重山吹(やえやまぶき)の花咲(はなさ)きにけり

（冈屋歌集；集成·P352）

本居大平（本居大平　もとおりおおひら）

本居大平，宝历六年至天保四年（1756—1833），生于伊势，稻挂栋隆之子。学于本居宣长，后为其养子。家集为《藤垣内歌集》《稻叶集》。

405. **远眺望，恋心荡漾。少女们，**

手提红裾，戏于江畔。

有长词书，言经摄津，造访伊势松阪的内山真龙和栗田土麻吕有歌作赠己，故作此回赠。

因二人之歌作中，也咏说到“少女”“赤裳”，故有此回作。

よそにのみわれはぞこふる少女(おとめ)らが赤裳裾引(あかもすそひ)く

住(すみ)の江(え)の浜(はま)

（八十浦之玉；集成·P352）

足代弘训（足代弘训　あじろひろのり）

足代弘训，天明四年至安政三年（1784—1856），生于伊势，伊势神宫权祢宜，国学者。学于荒木田久老、本居大平、本居春庭。与东条义门、塙保己一等交游。家集为《渔人之唱》。

406. **暮色中，细雪轻降，感觉像：**

朦胧月夜，樱花飘散。

题为“月下落花”。

既写了暮色薄雪，又写了朦胧月夜，不是对实景的描绘，而是对心中景的展示。以这样的情景表述对樱花飘落的印象。

夕(ゆう)ぐれにふるうす雪(ゆき)の心地(ここち)しておぼら月夜(づきよ)に散(ち)る桜(さくら)かな

（渔人之唱；集成・P353）

石川依平（石川依平　いしがわよりひら）

石川依平，宽政三年至安政六年（1791—1859），生于远江，国学者。向冷泉为章、栗田土麻吕、本居春庭学习。与伴信友、夏目雍麻吕等交往。家集为《柳园咏草》，还著有《柳园杂记》。

407.　**苇花散，暮秋时光，纷纷扬。**

昆阳池水，晚风送寒。

题为“苇花”。

苇，秋来白色小花呈穗状。昆阳池，在摄津国河边郡，是古来有名的歌枕。

秋光的哀婉情调的展现。

あしの花散(はなち)りのまがひに秋(あき)くれて夕風(ゆうかぜ)さむしこやの池水(いけみず)

（柳园咏草；集成·P353）

加藤枝直（加藤枝直　かとうえなほ）

加藤枝直，元禄五年至天明五年（1692—1785），生于伊势，本姓橘。向父亲尚之学习歌道，去往江户，得到大冈越前守忠相配下的帮助。家集为《东歌》，有歌论书《与子之文》。

408.　**夏雨骤，晚空忽晴，庭水清。**

小鲫穿藻，摆尾轻盈。

词书为："晚雨忽晴。"

加藤枝直由伊势来到江户，成为大冈越前守忠相配下的得力幕臣，作歌之事，几乎是自学自研而为。

虽也受到在幕府的庇护下的贺茂真渊的影响，但其想法并不同于真渊的古道至上论，后来几乎完全分道扬镳。

枝直成了后来形成的江户派歌论的起点。他主张的是基于古今调的平易率直的歌风。本首歌也正可看出这样的特色。

夕立(ゆうだち)の激(はげ)しかりつる空晴(そらは)れて庭(にわ)にひれふる藻(も)ふしつか鮒(ふな)

（东歌；集成・P353）

409. **潮已满，顺风劲鼓，帆高张。**

众船汇集，江户之港。

词书为：“竹芝海滨咏作。”

歌作用比喻、象征的方式，对幕府做出无矫饰的赞颂与肯定。

作者抱有这样的和歌观：“当今人遇太平之世，自当有责诵太平之音。若非此，岂能习诵乖政亡国之音哉？”（《枝直儿训》）可谓是“政教主义”的歌论。

在宫廷、权贵长期占绝对优势的歌坛上，张扬幕藩体制，以及江户的自主性，也是有其意义的。江户，昔日只是一个小村镇，所谓“武藏国丰岛郡江户乡”而已，现已今非昔比，渐成政治中心了。

時津風(ときつかぜ)吹(ふ)きにけらしな真帆(まほ)あげてとしまの江戸(えど)に舟(ふね)ぞ寄(よ)りくる

（东歌；集成・P353）

加藤千荫（加藤千蔭　かとうちかげ）

加藤千荫，享保二十年至文化五年（1735—1808），生于江户之町官员人家，本姓橘。幼时向父亲枝直学习和歌，后入贺茂真渊门下。此外，国学、书画也擅长。家集为《术之花》，著有《万叶集略解》。

410.　**隅田川，堤岸峙立，待发船。**

水上远空，杜鹃鸣唱。

题为“杜鹃”。

千荫在隅田川畔的石浜有别墅。本首歌中，目之所及，隅田川之堤岸、待发之船、碧水远空、杜鹃之飞鸣，无一不是对江户的风情做真切平易的描绘，是为江户派的代表性歌风。

平远空阔，以展示江户景致，实含赞颂之意。

隅田川堤(すみだがわつつみ)に立(た)ちて船待(ふねま)てば水上遠(みなかみとお)く鳴(な)くほととぎす

（术之花；集成・P354）

411. **柽树高，嫩枝柔条，叶舒展。**

月夜承露，生意盎然。

题为“夏夜月明”。

注目于高大的柽树与月、露同在，而显得生机勃勃。

柽树，为常绿阔叶乔木，时有高达 20 米。日语名之为“熊橿”，以“熊”姿显其高大。

歌作或有寓意，或自抒己心，或有所指，难以揣度。

瑞枝(みずえ)さす葉(は)びろ熊橿露(くまかしつゆ)ちりて月(つき)おもしろき夜半(よはん)にもあるかな

（术之花；集成 • P354）

412. **蝙蝠窜，廊檐阴处，暮色暗。**

独有庭中，月光花放。

词书为：“陋巷之家月光花开。”

原文的“夕颜”，就是类似于牵牛花的月光花。

《源氏物语》写了居住于五条陋室中的夕颜令人同情、怜爱的形象。

本首歌借暮色、蝙蝠、庭轩、月光花的形象建构，再现并细化了“陋巷夕颜”的情景。

かわほり　と　のき　く　なお
蝙蝠の飛びかふ軒は暮れそめて猶くれやらぬ
ゆうがお　はな
夕顔の花

（术之花；集成·P354）

413.　**大御门，六响鼓后，门已开。**

城濠桥上，霜月徘徊。

题为“晓寒月”。

大御门，即江户城的主城门大手门。晨鼓六响开门，暮鼓六响关门。

对实景做出描绘，展示本只是一个小镇的江户町，在走向一个规整的大城时的历史情景。

おおみかど　つづみ　おと　はし　しも　つき
大御門ひらく鼓の音すみてみ橋の霜に月ぞ

移ろふ（うつ）

（术之花；集成·P354）

村田春海（村田春海　むらたはるみ）

村田春海，延享三年至文化八年（1746—1811），出身于江户日本桥的商人之家，本姓平。跟随贺茂真渊学习古学，随服部白贲、鹈殿士宁学习汉学。与千荫一起被称为县门江户派的双璧。歌文集为《琴后集》，歌论为《歌语》。

414.　**苫席响，雨中泊舟，夜正长。**

雨声停后，初雪飞扬。

词书为：“沟渠新雪。”

词书原文为“水路……”其水路并非指远近交通的水上通路，只是围隔家室的沟渠。

当时村田春海所居住的江户下町：日本桥、深川、浅草一带，多有纵横沟渠布于住房周围，是山居田园的景况。

歌中说到的“苫”，是以菅草、茅草编织的荐席，用于覆盖已停泊的舟船。

歌作有清苦枯寂的意味，是江户时兴起的“寂”之趣味的体现。

とまり舟苫(ふねとま)の雫(しずく)の音絶(おとた)えて夜半(よはん)の時雨(しぐれ)ぞ雪(ゆき)になりゆく

（琴后集；集成 • P355）

415. 山麓上，白云缭绕，知何处？晴空之上，富士峰矗！

词书为：“富士晴空所见”，亦题为“富士峰”。

御殿场吉田附近，云烟满眼。隐于云中之富士峰，突现目前。

此由山麓向上看时，得见富士高峰，并对相应的人生际遇有所感悟。

心(こころ)あてに見(み)し白雲(しらくも)は麓(ふもと)にて思(おも)わぬ空(そら)に晴(は)れる富士(ふじ)のね

（琴后集；集成 • P355）

416. **夜已深，流水迅急，残月光。**

月落舟中，舟行淀川。

词书为：“落月行舟。”

天明七年（1787）春海 42 岁，秋时，从江户出发，前往京都、大阪、伊势游历。其间，从京都往大阪，主要就是行船在淀川上。

傍晚从伏见出发，到天亮时抵达大阪。歌中咏唱的就是乘此夜船的情景感受。

夜(よ)や深(ふか)き流(なが)れや早(はや)き有明(ありあけ)の月(つき)も落(お)ち行(い)く淀(よど)の川舟(かわぶね)

（琴后集；集成・P355）

417. **啼声响，濑田长桥，雾正散。**

望月名马，似踏波上。

题为“迎马”。

望月之驹，从平安时代开始，每年八月，要从望月牧场，向宫中进奉马匹。而左马寮会派人到近江国的逢坂关迎受所献之马。濑田长桥，是有名的近江国的歌枕。

藤原显季有歌作：“走近了，濑田长桥，雾散处。缝隙中见，望月之驹。”（堀河百首）

本首歌作，是进一步对此种情景的生动描绘，更显优美如画。

踏(ふ)みならすせたの長橋(ながはし)きり晴(は)れて波(なみ)の上行(うえゆ)く望月(もちづき)の駒(こま)

（琴后集；集成・P355）

清水浜臣（清水浜臣　しみずはまおみ）

清水浜臣，安永五年至文政七年（1776—1824），生于江户的医师之家。入村田春海门下，歌、文皆优。家集为《泊百舍集》，此外，编辑并刊行有贺茂真渊及其门人之遗稿的《县门遗稿》。

418. **祓禊后，安昙河上，秋风吹。**

柳叶一二，飘零入水。

词书为：“秋色浮水。”

祓禊，是水边祭祀，清洗罪愆。本首歌作的实意所在，未见评述；或只是泛泛的消灾祈福而已。

歌中表现柳叶的稀疏，原文称“一叶落、二叶漂”，意在显出轻松自在的情态。

禊(みそぎ)せしあと川柳(かわやなぎ)一葉(ひとは)ちり二葉(ふたは)流(なが)れて秋風(あきかぜ)ぞ吹(ふ)く

（泊百舍集；集成・P356）

419. **钓丝飘，晚风吹送，隐约见。**

闲寂落日，秋水潋滟。

词书为：“河边秋夕。”

实是“秋江垂钓”的水墨画，或许就是作者本人在垂钓。

似从汉诗文的境界生发出来，也颇同于芜村一俳句的意味：“感伤哟，钓丝飘于，秋风中。”

釣(つり)の糸(いと)に吹(ふ)く夕風(ゆうかぜ)の末見(すえみ)えて入日寂(いりひさび)しき秋(あき)の河面(かわずら)

（泊百舍集；集成·P356）

420. **醉美酒，我醉沉沉，醉上头，**

醉入手足，虽醉不休。

题为“酒”。

大伴旅人有多首赞酒歌作，都写的是我与酒与外在世界的关系：沉醉以忘怀浊世。（见姜编译《日本古代和歌400首》第199～203歌）

本首只写“我”之醉，实显陶然自得之状。原文连用了五个“醉”字，以显醉态。

旨酒(うまざけ)にわれ酔(え)ひにけり頭(あたま)酔(え)ひ手(て)酔(え)ひ足(あし)酔(え)ひわれ酔(え)ひにけり

（泊百舍集；集成·P356）

小林歌城（小林歌城　おばやしうたき）

小林歌城，安永七年至文久二年（1778—1862），生于江户的幕臣之家，学于村田春海，精于语言文法。有论难书《难武藏野集》《桂园一枝拾遗评》等，家集为《歌城歌集》。

421.　**裁判报：“主射命中！”犬飞跨、**

拦绳瞬间，弓响箭发。

题为“射猎”。有连作 12 首，此是第 3 首。

武士的骑射训练，在竹垣围绳中，放犬为靶，驱马逐射。12 骑分为 3 队，队长主射手称为“射手司”（或称为“射手置”），裁判（称为“检见”）判报命中点，以定胜负。

作者为村田春海门人，为幕府随从“大番役”，参与其事。

写实咏作，开启了江户派歌作的一个新生面。

射手(いて)置(お)けと言(い)はるな検見(けみ)に射手司(いてづかさ)縄(なわ)こす犬(いぬ)に目当(めあ)てたがへて

（歌城歌集；集成・P357）

422. **众欢呼，“哦哟”声高，焰火放。**

江风吹处，花光飘散。

词书为：“夏日两国川纳凉船上看放焰火。”

每年五月二十八日始，断续至七月两国川下游放焰火。

本首歌也是以江户风物为素材，做叙事、纪实抒写。歌城曾仿汉诗的“竹枝词”作“吉原竹枝五十首”和歌，其对风俗诗歌之卓有兴趣可见。

あなやとて人(ひと)とよむなりあぐる火(ひ)の光(ひかり)を花(はな)と散(ち)らす川風(かわかぜ)

（歌城歌集；集成・P357）

井上文雄（井上文雄　いのうえふみお）3首

井上文雄，宽政十二年至明治四年（1800—1871），生于江户，为田安藩之侍医。取法岸本由豆派，学于一柳千古之门。家集为《调鹤集》。有与门下弟子共作之《摘英集》《幸运草》。

423.　**农家女，煮茧取丝，破袖飘。**

茅檐之畔，山栗花俏。

词书为：“五月之末，去往乡村之途中咏。”

文雄长期居住于江户近郊之日本桥，主张歌作要有个性，要多样化。

其注目田园风情、乡村生活，是其歌作特色的重要一面。

しづの女(め)が繭(まゆ)煮(に)る袖(そで)に零(こぼ)れけり藁屋(わらや)の軒(のき)の山栗(やまくり)の花(はな)

（调鹤集；集成・P357）

424.　酩酊醉，舍人红脸，衣光鲜。

夺目之衣，何殿当差?

词书为：“京都岁暮。”

舍人，是贵族身边的勤务听差。至岁末正月，有分发衣服之举。其衣饰成了人所注目之点，颇有些滑稽可笑。

这样的事对作者来说，是设想、想象的情景，是对平安王朝时期的追忆和揶揄。

酔(え)ひにたる舎人(とねり)が顔(かお)の衣配(きぬくば)りいずれの殿(との)の使(つか)いなるらむ

（调鹤集；集成・P357）

425.　透心凉，夜半狱中，寝席寒。

不能入睡，纷纷雪降。

词书为：“作于狱中。”

文雄仕于田安家，长期生活在江户，抱有支持幕府的“佐幕派”的心志，对明治政府持批判的态度。

如，在当时的《讽刺新闻》上投寄歌稿：“今虽无，来日会有。君王之，千代田上，稻被人割。”

非议时政，念怀德川时代。故而受到调查，以近七十的高龄被投入狱中。

冴(さ)えとほる獄(ひとや)の夜床下(よどこした)冷(ひ)えて寝(ね)られぬものを雪(ゆき)さへぞ降(ふ)る

（佐佐木信纲《近世和歌史》；集成・P357）

久贝正典（久贝正典　くがひまさのり）

久贝正典，文化九年至庆应元年（1812—1865），生于江户。为幕府直参武士，任大番头、大目付、讲武所奉行等职。从小林歌城学习和歌，家集为《久贝正典歌集》。

426.　**冬萧索，枯野原上，涉过河。**

牛背冰凉，落日光寒。

题为“冬河”。

作者曾历任幕府的“大目付”等要职，而卒于明治维新之前的庆应元年（1865）。

他主张用写生的笔触创作和歌，格调浅易清新。内容深处，有一种孤独冷峻地观照人生的眼光和深长的余韵，从而也把近世和歌与近代和歌的情趣连通起来。

ふゆが　のべ　かわ　わた　うし　せさむ

冬枯れの野辺のを川を渡りゆく牛の背寒くさす

夕日(ゆうひ)かな

（久贝正典歌集；集成・P358）

427.　甚难忘：我曾抚其，黑发长。

“分别久矣！”其诉喃喃。

词书为：“亡妻七日祭时，在故乡咏作。”

用情景言语的复现，率真地表现出对亡妻的追思之情。正典也有个女儿在幼时夭亡，也令他极为悲痛。

这样不幸的体验，深化了正典对人生的观照。

忘(わす)れめや今(いま)はに撫(な)でし黒髪(くろかみ)の長(なが)き別(わか)れと言(い)ひし一言(ひとこと)

（久贝正典歌集；集成・P358）

小泽芦庵（小泽芦庵　おざわろあん）

小泽芦庵，享保八年至享和元年（1723—1801），生于大阪住吉，学于冷泉为村，冲破传统歌风，提倡“同情新情”说。有歌论书《分发》《古中道》。家集为《六帖咏草》《六帖咏草拾遗》。

428.　**樱烂漫，白首却如，秋时霜。**

老迈凋枯，得对春光。

词书为：“得贵人所赐樱花而作歌。”此是五首连歌作之第五首。

歌意首尾开张，对樱花而意气高昂，而中间低沉自顾，感伤老迈，形成顿挫转折。

芦庵喜用汉语词入歌，本首之“烂漫”，以见樱花盛开之华美任性。

说到“霜”本是从盛时樱花的粉白娇艳引起的联想，但却意指人老头白，如霜雪铺上。这是日本和歌常用的意象关联。

爛漫と咲きぬる見てぞ霜にまた萎める老いも春を知りぬれ

（六帖咏草；集成・P358）

429.　**农家女，门口干瓜，快收取。**

晚来风起，莫浸急雨。

题为“瓜”。

制作干瓜，以便保存。纵剖去子，盐腌风干。平民之食物。

本不入贵人之口，事象也不宜入歌，而芦庵咏之，以见庶民生活景象，有生活感和新鲜感。

賤の女が門の干し瓜取り入れよ風夕立ちて雨零れきぬ

（六帖咏草；集成・P358）

430.　**我死后，谁来为我，把魂招？**

萧萧秋野，凄凄芒草。

词书为：“招魂之夕，思而作之。”

每年七月十五日盂兰盆会，傍晚要在门口燃火以迎接祖先灵魂。

芒草，日语称“尾花”或“薄”，秋风白穗，凄凉飘摇。

われ死(し)ねばわがなき魂(たま)は来(こ)む秋(あき)の野辺(のべ)の尾花(おばな)や招(まね)きてあらむ

（六帖咏草；集成・P358）

431.　**望太秦，萧萧风起，激深林。**

秋之夕暮，凄切悲音。

词书为：“太秦独眺。”

太秦，在京都西郊右京区太秦町，芦庵晚年居于此。

芦庵所主张的“歌唯言”，即是无技巧无刻意表现之咏歌。本首也正是如此。

太秦(うずまさ)の深木林(ふかきばやし)を響(ひび)きくる風(かぜ)の音凄(おとすご)き秋(あき)の夕暮(ゆうぐ)れ

（六帖咏草；集成・P359）

432. 力狂暴，神降惊雷，土巢震。

虫豸快出，莫可藏身！

词书为：“是年之二月二十八日，闻雷声而咏作。”

适逢惊蛰节令，传言春雷震而虫动。作者也呼唤虫们，快出来吧。

雷鸣，古日语称“神鸣”。歌之首句为“神”的枕词修饰语，有强力，狂暴意味。

依托古典知识，构成歌意，通俗有趣。

千早(ちはや)ぶる神鳴(かみな)りけらし土(つち)に巣(す)にこもれる虫(むし)も今(いま)は出(い)でよと

（六帖咏草；集成・P359）

伴蒿蹊（伴蒿蹊 ばんかうけい）

伴蒿蹊，享保十八年至文化三年（1733—1806），出身于京都商人之家。跟随武者小路实岳学习和歌。家集为《闲田咏草》，还著有文集《闲田文草》《近世畸人传》等，所以也以文章家、古典研究学者而闻名。

433. **云霞罩，晴明一片，无雨色。**

春柳如烟，碧透润泽。

题为“雨中柳”。

从柳绿增妍，方知春雨已润，这才是“润如酥”的春雨之妙处。有两首唐诗呈现此意境：

“山光物态弄春晖，莫为轻阴便拟归。纵使晴明无雨色，入云深处亦沾衣。”（张旭诗《山行留客》）

“天街小雨润如酥，草色遥看近却无。最是一年春好处，绝胜烟柳满皇都。”（韩愈诗《早春呈水部张十八员外》其一）

作者还有同样意味的一首歌《雨中莺》：“霞中雨，山形山影，寂且静。会心快意，黄莺之鸣。”

从莺鸣声方知雨在降。

うち霞(かすみ)降(ふ)るとは見(み)えぬ雨(あめ)にしも濡(ぬ)れて色(いろ)そふ春(はる)の青柳(あおやぎ)

（闲田咏草；集成 • P359）

434. **分萩丛，红移衣袖，野上走。**

雨痕尚留，秋露枝头。

题为“参诣高台寺”。

高台寺在京都东山，其可瞩目之景，多有以萩和露为歌之作。萩为矮灌木，秋时布红色小花。

蒿蹊之作，以自己分开萩丛，行于秋野的所见所感而成歌。

分(わ)け行(ゆ)けば袖(そで)にも色(いろ)は移(うつ)りけり雨(あめ)の名残(なごり)の露(つゆ)の萩(はぎ)はら

（闲田咏草；集成 • P359）

435. **如是行，虽已如是，难回去。**

追悔往昔，老迈之愚。

题为“老后怀旧”。

歌中的“如是行”，到底是怎么做，并没有说。或是回想，或是抱歉，或是忏悔……

世间本无后悔药，可见其愚。在自嘲中，表达怀旧时的痛切之感。

かかりせばかからむものと帰(かえ)り来(き)ぬ昔(むかし)を悔(く)ゆる老(お)いの愚(おろ)かさ

（闲田咏草；集成・P360）

上田秋成 （上田秋成　うえだあきなり）

上田秋成，享保十九年至文化六年（1734—1809），生于大阪。学于加藤宇万伎等，与与谢芜村等交好。以《雨夜物语》之作者而闻名，其文集中有小说、俳谐、和歌、国学研究等。歌文集为《藤篓册子》。

436. **野鸦羽，风吹飘散，落梅上。**

枝头犹有，梅之暗香。

题为“梅”。

本首歌的新异之处在于，把“鸦”和“梅”放在一块儿写，甚至暗示：鸦之落羽化为了梅花。真有点儿腐朽化为神奇的意味，也算是开了一个新生面。

有俳句曾这样写：“野鸦飞，停于牛背，梅开花。”（淡淡）二者只是景况组合，并非合一。又，“野乌来，啮断韭叶，落叶飞”。（芜村）

显出的特点是，避雅趋俗，改变平安王朝歌风的过分雅化的陈规。

野鴉(のからす)の羽吹(はぶき)の風(かぜ)に散(ち)らされし名残(なごり)の枝(えだ)の梅(うめ)かおるなり

（藤篓册子；集成·P360）

437. **心飞于，白云之上，云毽荡。**

秋日湖上，情思飞扬。

题为“明日游湖上楼”。

湖，即是琵琶湖。时居于湖畔之二阶家中，心向往次日之游湖。

特别是寄心于白云，且用“毽荡”“优游”（ゆくらくら）这样的语句表达内心的自由快意，试化用李翱“云在青天水在瓶”之句，可谓大有“云在青天心在云”的意度。

白雲(しろくも)に心(こころ)を載(の)せてゆくらくら秋(あき)の海原(うみばら)思(おも)ひ渡(わた)らむ

（藤篓册子；集成・P360）

438. **林深处，神社静伫，挂古帘。**

风送落叶，挟帘缝间。

题为“落叶”。

注目的不是落地满铺的落叶，不是随风飘舞的落叶，而是落停于神社古旧帘栊间隙的那一二片落叶。

体现出作者对人世间的处境的思索：偶然性，受不可抗力量的支配，甚至是与传统和神秘难测性的深刻关系。

森深き神の社の古簾すけきに泊まる風の落葉は

（藤篓册子；集成・P360）

439. **摄津国，难波江上，自栖身。**

芦苇萧疏，蟹步横陈。

题为“蟹”。

对“蟹”的关注，或与秋成自己的身体情况和个性有关：他五岁时得热病，后遗症之一就是两手指畸形如一指，视之或似蟹之螯。他为人狷介孤独，任性随意，自行其是。

“蟹”也是万叶歌中讽咏到的一物：

向阳处，难波江口，作圆庐。芦苇丛中，兀自独处。

（万叶・乞食者歌：蟹自述痛，长歌之开头・3886）

作者吐露心声，直率无畏。

津の国の難波に着けて疎まれる蘆原蟹の横走る身は

（藤篓册子；集成・P361）

香川景树（香川景树　かがわかげき）

香川景树，明和五年至天保十四年（1768—1843），生于因幡。成为二条派民间宗匠香川景柄的养子。受小泽芦庵的影响而离开了养父的歌派。有家集《桂园一枝》等，歌论《新学异见》，注释《古今和歌集正义》《百首异见》。

440.　**比睿山，比良高岭，腾细浪。**

高岭之上，春霞初展。

题为“远霞高耸”。

从京都的二条桥眺望远处的山峰，大、小比睿山，还有其深处的比良连峰。

作者用了“细浪”一词来为枕词修饰，突出春霞初展，春天到来的喜悦。

大比叡(おおひえい)やおひえの奥(おく)のさざなみの比良(ひら)の高嶺(たかね)ぞ霞初(かすみそ)めたる

（桂园一枝；集成·P361）

441. **大堰川，河水长流，花影在。**

今年山樱，再次满开。

题为“河上之花”。

大堰川，是流经岚山山麓的河川。川旁山樱，年年开放，花影映水，影像长在。实而暗含“年年岁岁花相似，岁岁年年人不同”之叹。

其实花也在变易：岚山之樱，中世之时，由吉野山移来，初成名所而一度衰落，到江户中期后两次复兴。

虽名咏花，而实际充满对人世兴亡变化的思考。

大堰川変わらぬ水に影見えて今年も咲ける山桜かな

（桂园一枝；集成·P361）

442. **河岸上，高高萱草，白根露。**

风吹浪打，清凉自如。

题为“风中夏草”。

被风吹、河冲而露出白白的根须的萱茅草，给盛夏中的人一种清凉的感觉。

河风、波音、草之白根，数种感觉的重合而成的清凉感。

河岸(かわきし)のねじろ高(たか)がや風吹(かぜふ)けば浪(なみ)さえ寄(よ)せて涼(すず)しきものを

（桂园一枝；集成・P361）

443. **曾与妻，去采野菜，春雨降。**

冈崎庭院，旧日恋想。

词书为：“触事有感。”

景树曾居住于冈崎，即洛东、神乐冈山山麓一带。

与妻子外出采野菜时，因春雨下而回想起旧日的住所和恋情。

妹(いも)と出でて若菜摘(わかなつ)みにし岡崎(おかざき)の垣根恋(かきねこい)しき

はるあめ　ふ
春雨ぞ降る

（桂园一枝；集成・P362）

444. **浮岛原，步于松影，树连树。**

远眺富士，频频回顾。

词书为：“触事有感。”

据作者纪行文《中空日记》：文政元年（1818）一月九日，景树由江户经熟田回京都时歌此。

浮岛原，是东海道上的名所，可以步于松林，远眺富士山。

ふじ　ね　き　まき　ま　かえり　まつ　かげふ
富士の嶺を木の間木の間に顧みて松の影踏む
うきしま　はら
浮島が原

（桂园一枝；集成・P362）

445. **读灯下，陶然不觉，夜将尽。**

诗文光照，已是黎明。

“无题”之歌一首。

把自己的体验平实地咏出，在自然叙述中含感人之处。

沉浸于书中意味，陶然忘机，不觉天明；书中之味，亦如天光照亮自己。

灯(ともしび)の影(かげ)にて見(み)ると思(おも)ふ間(ま)に文(ふみ)の上白(うえしろ)く夜(よ)は明(あ)けにけり

（桂园一枝；集成·P362）

446. **请来看，烧饭木炭，快来买！**

回家路远，我家大原！

词书为：“买木炭女。”

京都近郊集市叫卖木炭者，多为来自八濑、大原的女子。

木炭本供京都人炊事烧饭用，而卖炭女也急着卖掉炭，赶回家烧饭，且家是在远处的大原，故在叫卖声中也诉说心焦事。

召(め)せや召(め)せ夕餉(ゆうげ)の妻木(つまき)はやく召(め)せ帰(かえ)るさ遠(とお)し大原(おおばら)の里(さと)

（桂园一枝拾遗；集成·P362）

447. **我爱妻，妆成齐额，鬟髻垂。**

浓艳青丝，紫藤花坠。

词书为：“触事感时。”

写妻子的装扮、发式，以紫藤花的深紫色和垂垂而坠的样态来描绘她的发式。

既切合地显示近代市民化社会风潮中的时尚，又体现出景树对自己妻子的爱与赞美。

首句的“吾妹子”（わぎも子），是带有古风的对自己的妻子，或所钟爱的女性的爱称。

わぎも子(こ)が額髪(ひたいかみ)ゆふ元結(もとゆい)の濃紫(こむらさき)なる藤波(ふじなみ)の花(はな)

（桂园一枝；集成·P362）

448. **隅田川，今起晚潮，水漫漫。**

河口沙洲，重现白浪。

词书为：“感时伤事。”

隅田川河口，潮退则现沙洲，潮满则消弭。歌作写了景树此时的实见实感。

隅田川(すみだがわ)夕潮(ゆうしお)今(いま)やさし来(きた)らむもとの洲崎(すさき)にかえる白波(しろなみ)

（桂园一枝拾遗；集成·P363）

木下幸文（木下幸文　きのしたたかふみ）

木下幸文，安永八年至文政四年（1779—1821），生于备中，上京学于澄月、慈延，后入香川景树门下，三年后离去。家集为《亮亮遗稿》，有随笔《亮亮草纸》和多种注释书。

449.　**这一带，岸边处处，茨花开。**

沿河路上，夏日风光。

题为“初夏河畔”。

夏日四月，茨花雪白。此花不同于雅文化中的和歌常写到的雪白的水晶花，乃是通俗常见之花。近世方见于歌、俳中。芜村有俳句为：“棠棣后，雪白一片，茨花开。”

从本首歌，也就可以看到近世和歌走向近代和歌的印迹。

ここかしこ岸根（きしね）の茨花（いばらはな）咲（さ）きて夏（なつ）になりぬる川（かわ）

ぞひの道

（亮亮遗稿；集成・P363）

450. **雨脚柔，唯见靡靡，来云中。**

一再附随，天桥彩虹。

词书为：“非时令小雨。”

此歌之构想与措辞，都能看出其跟从香川景树的桂园派歌风后体现出的新意。

明白如话，流畅顺达。

雨のあし靡きて見ゆる雲間より掛け渡したる虹の橋かな

（亮亮遗稿；集成・P363）

451. **向路人，絮絮叨叨，诉贫苦。**

定非真穷，也无悲楚。

此为“贫穷百首”之第二首，是为仿山上忆良“贫穷问答歌”之作，未加题目。

首先朴素率真的表达，是受到“万叶”歌作的影响。

其次，文化三年（1806），时当其 29 岁，从备中长尾村去往京都，入香川景树门下，不知何故，数月后旋即离开。或是为人所轻慢而心生挫折感，这些歌就咏作于这段时间。

从身心不幸的木下幸文，让人看到了后来的近代歌人石川啄木的影子。

かにかくに疎(うと)くぞ人(ひと)のなりにける貧(まず)しさばかり悲(かな)しきはなし

（亮亮遗稿；集成・P363）

452. **贤且良，缠于身上，贫且寒。**

除夕之后，路途何往！

同是“贫穷百首”之第六首。

溯此组歌，创作于文化四年（1807）除夕到次年正月初三日。歌中的“今日”，指的就是那个除夕日。

江户时代的“除夕”，是穷人被年关结算所迫而难熬难度的日子，其心中的屈辱感、酸楚后悔感，都有一求倾诉的念头。也会有渴盼母爱，驰思故乡之想。

像幸文这样乍离故土，初到都市的文学青年，更是这样。

賢(さか)しらに貧(まず)しき良(よ)しと言(い)ひしかど今日(けさ)としなればここらすべなし

（亮亮遗稿；集成・P364）

熊谷直好（熊谷直好　くまがいなおよし）

熊谷直好，天明二年至文久二年（1782—1862），生于周防。虽出身于岩国藩士之家，但脱离藩属，移居京都、大阪，专念于歌道，学于香川景树。家集为《浦潮贝》《浦贝拾遗》。

453.　**我独酌，融春为酒，春正长。**

心事且放，我自恬淡。

题为“心静酌春酒”。

同门弟子岁首的聚会寒暄过后，在平静的一月日常生活中，独酌自饮。

直好是以喜好禅的闲寂恬淡而自诩的，虽有面对春意之心旌荡漾，但更平静以待。

わがく　さけ　かぎ　はる　こころ

ひとりして我汲む酒に限りなき春の心はこもりけるかな

（浦潮贝；集成・P364）

454. **睡梦中，虫鸣声声，交野上。**

淀川行船，川流夜长。

交野，大阪府的交野市、枚方市附近。

江户时代的淀川客船来往于伏见和大阪的八轩屋之间。

直好从故乡的周防国岩国郡去往京都，乘的就是此班船。移居上方后，也会多次乘此船。闻虫声，当是经过交野之时的事。

夢(ゆめ)ながら虫(むし)の音近(おとちか)く聞(き)きゆなり交野(かたの)や過(す)ぐる淀(よど)の川船(かわぶね)

（浦潮贝；集成·P364）

455. **朝行时，雾间花现，颜难遮。**

秋却渐深，花渐失色。

题为“因事行于原野道中”。

朝雾障目，而花光自现于雾间。唯觉花色渐褪，实因秋深之故。

朝霧のたえまたえまに色見れば秋の花野も移ろひにけり

（浦潮贝；集成 • P364）

456. **夜正长，松木烧火，彻夜亮。**

忙打草鞋，冬已临降。

题为“山居冬至”。

歌中说到的草鞋（藁沓），是为雪地行走而做的准备。

作者认为：“触物有感，心动而形于言，且做笔记，恐慌忙中忘记。”

本首歌就有记录山中所见所感的特色。

夜もすがら松のほた火を焚き明かし藁沓打たむ冬はきにけり

（浦潮贝；集成 • P365）

八田知纪（八田知紀　はつたとものり）

八田知纪，宽政十一年至明治六年（1799—1873），生于萨摩，为鹿儿岛藩士八田善助之子。到京都跟随香川景树学习，明治维新后出仕于宫内省，为歌道御用顾问。家集为《忍草》。

457.　**天欲晓，恋恋难舍，月犹残。**

浑白一片，樱花艳光。

词书为：“游岚山时，多有歌作。”

岚山为山城国的歌枕，靠近大堰川处，为樱花、红叶的名所。日本传统以来多有歌作咏之。

残月，暗含着恋歌中，男女相别时晨光、月色融浑的情景。更增添流丽、清艳的情调。

夜を惜しむ有明の月もあるものを白み果てたる花の色かな

（忍草；集成・P365）

458.　**比睿峰，夕暮之时，白云绕。**

秋意萦心，秋色寂寥。

词书为：“因事出行回程道中。”

大比睿山，耸峙于京都东北，由城中可眺望其壮伟。

夕暮之时，顶峰秋云缭绕，壮大而宁静，观之而有闲寂之感。

おおひえ　みね　ゆう　しろくも　さび　あき

大比叡の峰に夕いる白雲の寂しき秋になりにけるかな

（忍草；集成・P365）

459.　**月清澈，醒来静对，播磨湾。**

水平如镜，室内泊船。

词书为：“泊于室津。”这是从萨摩去往京都旅行时咏歌之一首。

播磨潟，濑户内海到播州平野以南一带的海域。室津，即现在的室津港，以其防风良好，如在室内而得名。

月清み寝覚めて見れば播磨潟むろのとまりに船ははてにき

（忍草；集成·P365）

460. 不胡想，不看不听，不乱讲。不陷其中，不谋胜算。

题为“猿”。

并非真的是在咏“猿猴”，而是日语表现否定和打消（类似中文的“不”或“勿”）所用打消助动词“ざり”“ざる”，其音同于“猿”，故而借以为题。

日本道教文化传统中有“勿看”“勿听”“勿言”的“三猿”之教；本首歌中，更加了“勿想”“勿涉”“勿胜”，成了“六猿”的守身处世的法条。

体现出类似中国道家的无为无争的人生态度。虽显退让保守，但意含幽默，自有深意。

思(おも)はざる見(み)ざる聞(き)かざる言(い)わざるも拘(かか)わらざるに勝(まさ)らざるらむ

（忍草；集成・P366）

良宽（良寛　りゅうくわん）

良宽，宝历八年至天保二年（1758—1831），生于越后，18 岁入曹洞宗，由国仙和尚授“印可”偈。歌作之稿为《布留散东》，由贞心尼、林雍雄等后人编为歌集。

461. **春日长，手球嬉乐，孩子欢。**

快乐一日，云霞飞扬。

一组长歌加反歌三首的歌作，词书为：“咏手球。”

这不是现代球类的“手球”，而是传统的拍、传游戏的线球。以长、短歌配合的组歌咏之，可见作者由衷的兴趣和喜好。

良宽还有相类的一首歌是：

五合庵，树林边上，拍线球。孩子快乐，一天度过。

霞立長き春日に子供らと手毬つきつつこの日暮らしつ

（布留散东；集成・P366）

462. **小钵哟，我已忘记，未能取。**

钵我分离，相思相忆。

词书为："咏小钵。"

钵，不仅是僧人化缘盛食物的食器，也是"衣钵"的象征：师徒相传的思想、品质。

长歌五首、反歌多首。此是第四长歌的第二反歌。此长歌所咏是：出家以来，常托小钵以行。偶于途中摘堇菜置钵中，忘钵之所在。正在想不管如何要去寻找，却有人送还了来。啊，啊，可爱的小钵，他回来了，真高兴啊！

此首反歌咏的是：丢了小钵以后的心情。用"物哀"（怀愁相思），表达他对此小钵的爱。

良宽 22 岁时（安永八年，1779）入备中国（冈山县）的圆通寺出家，从年轻时起就对僧钵喜爱有加。

鉢の子をわが忘るれども取る人はなし取る人はなし鉢の子あはれ

（布留散东；集成・P366）

463. **幼儿事，母哺母育，总在目。**

朝夕眺望，佐渡乡土。

良宽出生于越后国（新潟县）出云崎，仕于名主的山本家。

良宽之母秀子，49 岁时逝世，时良宽 26 岁，在备中玉岛出家修行。此歌是一年后回乡时所作。

たらちねの母が形見と朝夕に佐渡の島辺をうち見つるかも

（自笔歌抄；集成・P366）

464. **五脏共，五心同乐，春日长。**

群鸟嬉戏，翻飞如狂。

无题之歌。

歌的中心是原文的第二句“心中快乐”。首句是“心”的一个枕词修饰语；三、四、五句是用情景来描绘、比喻心的快乐。

有解说以为是冬去春来的欢快，或有理。但义定不止于此。

群(むら)ぎもの 心(こころ) 楽(たの)しも春(はる)の日(ひ)に鳥(とり)の群(むら)がり遊(あそ)ぶを見(み)れば

（集成・P367）

465. **虽有月，月光之下 ，山路多。**

栗子散落，路更坎坷。

词书为：“与定珍老友赠答之歌。”

阿部定珍，为良宽的风雅之友，来访良宽在国上山的五合庵居所。赠答歌似酒酣时咏作。

定珍赠歌中有意为：乘月归时，君家路远。良宽答歌有意：栗子落路，梗阻难行。有留客之意。

月(つき)よみの光(ひかり)を待(ま)ちて帰(かえ)りませ山路(やまみち)は栗(くり)のいがの落(お)つれば

（集成・P367）

466. **山影深，岩间流出，苔水清。**

我之栖处，澄明幽静。

未见题词等。说的是良宽自言居所之幽僻，与世隔绝，心自澄明。

末句原文之“澄”与“居”同音（すみ），双关之。

山陰(やまかげ)の岩間(いわま)をつたふ苔水(こけみず)の幽(かす)かにわれは澄(す)みわたるかも

（集成・P367）

中岛广足（中岛广足　なかしまひろたり）

中岛广足，宽政四年至文久四年（1792—1864），生于肥后，初向长濑真幸学习国学，后出到江户，学于越智千里，为本居大平门人，仕于细川家，有《橿园随笔》等多种著述，家集为《橿园歌集》。

467.　**秋风往，原野远方。似可见：**

芒穗起伏，摇曳荡漾。

题为“风中芒穗”。

广足的故乡肥后阿苏山的广袤原野，秋风中，芒穗起伏，直向边远。

あきかぜ　ゆ　かたみ　すえの　はな

秋風の行く方見えてはるばるとなびく末野の花すすきかな

（橿园歌集；集成·P367）

平贺元义（平贺元义　ひらがもとよし）

平贺元义，宽政十二年至庆应元年（1800—1865），生于备前，为冈山藩士平尾新兵卫之子。敬重贺茂真渊，自学而做古典研究。去世后，得正冈子规之介绍而为世所知。歌作被编为《平贺元义家集》。

468.　**红叶散，飘入杯中，雅士欢。**

风情雅士，红叶酒浪。

在友人神崎博家小饮时作歌。

元义此类歌有数首，皆语涉花、月，以显自己雅士之情怀。

即以恋情论，也甚好万叶卷一、二中，石川郎女、大伴田主所中意的“雅士”之风。

雅士，或即如本居宣长所说的“知物哀”之人，知情识趣、善解风情之人。

杯(さかずき)に散(ち)り来(こ)もみじ葉(は)みやび男(お)の飲む杯(さかずき)に

ち　こ　　は
散り来もみじ葉

（平贺元义家集；集成・P368）

469.　**上山风，爹爹哪儿，凛冽寒。**

想他更叨，两足冰凉。

词书为：“父亲逝世时，想其生前之事。”

元义之父平尾长春，卒于文政十年（1827）51岁时，葬于上山（冈山市西郊一座小山）。

他在 40 岁左右就患中风，元义常伺病为他暖足。元义歌作中亲情强烈，给人深刻印象。

うえやま　やまかぜ　　　　　　　　ちち
上山は山風さむしちちのみの父のみことの
あしひ
足冷ゆらむか

（平贺元义家集；集成・P368）

大隈言道（大隈言道　おおくまことみち）

大隈言道，宽政十年至庆应四年（1798—1868），出身于筑前福冈之商人家庭。从二川相近、广濑淡窗学习，为野村望东尼等之门人。歌集有《皃居集》《今桥集》《草径集》等，有歌论《独护持》。

470.　**樱开处，往寻往访，无餍足。**

无意走了，去年老路。

题为“寻花”。

写赏花之热情，各处访寻，无意间却重蹈覆辙，踏上老路。

咲(さ)く花(はな)を訪(たず)ねて行(い)けばいつよりか去年(こぞ)来(こ)し道(みち)に

みちはなりきぬ

（草径集；集成·P368）

471.　**流水上，香鱼唼喋，樱瓣漾。**

戏花逐水，清濑春光。

题为“鲇”（日本特有的一种小香鱼）。

唐张志和《渔歌子》之句“桃花流水鳜鱼肥”，意味与此歌相近。

把流水、飞花、小鱼之戏，做动态的组合，写出灵动的春色。

流(なが)れ来(く)る花(はな)に浮(うか)びて戯(そば)えてはまた瀬(せ)を上(のぼ)る春(はる)の若鮎(わかあゆ)

（草径集；集成·P368）

472.　**妻背上，幼子熟睡，梦甜香。**

手中风车，咻溜溜转。

题为“风车”。

写孩子的天真可爱。妻子的劳作，虽未直写，但亦暗示。母子亲情，甜蜜流露。

以孩子手中的“风车”在转动，表现出宁静安谧的氛围。

妹が背に眠る童のうつつなき手にさえめぐる風車かな

（草径集；集成·P368）

473.　**今日晚，一颗松果，落旁侧。**

可言之事，仅止此耳。

题为“闲居夕庭”。

言道的住所，在福冈郊外的娴静之地，称为“细竹屋”。

松果落，只是听见其声音，既显示幽静，也体现出自己的寂寥感。

意味近于王维诗：“雨中山果落，灯下草虫鸣。”（《冬夜书怀》）韦应物诗：“空山松子落，幽人应未眠。”（《秋夜寄邱员外》）

これの実や今日はありつることならむ松の実一

つ落ちし夕暮

（草径集；集成・P369）

橘曙览（橘曙覧　たちばなあけみ）

橘曙览，文化九年至庆应四年（1812—1868），出身于越前福井一个纸商家庭。跟随僧明道学习佛学后，入于田中大秀门下。家集为《志浓夫乃舍歌集》《蒿屋咏草》。

474.　**到昨天，小手仍扯，我衣袖。**

“爹爹爸爸”，呼唤长留。

词书为：“女儿健年仅四岁，因痘疮而死，叹息咏歌。”

发病仅十天，女儿就失去了。歌作勾勒女儿昔日的形象，言之悲痛而泣。

时在天保十五年（1844），曙览 33 岁时。

昨日まで吾が衣手に取りすがり父よ父よと言ひてしものを

（志浓夫乃舍歌集；集成・P369）

475. **揪鬃毛，裸马背上，控腾跃。**

关东男儿，矫健勇骁。

题为“马”。

这是一首题画之歌。

关东，指江户、镰仓一带。

はだかうま　あづまおのこ

たてがみをとらへまたがり裸馬を吾妻男子の

あらなづけする

（志浓夫乃舍歌集；集成·P369）

476. **咕咕响，酒入葫芦，心欢畅。**

人心之喜，它所满上。

题为“酒人”。

意为好酒之人，与酒融合之人。

歌中的葫芦，正是盛酒之常用器。小口大腹，倒酒之时，咕咕作响。倾耳而听，令人欢喜。

曙览还有类似题材的歌为：“刚烫暖，扑鼻酒香，把人拴。回家路上，天色已晚。”

とくとくと垂(た)れりくる酒(さけ)のなり瓢(ひさご)うれしき音(おと)をさするものかな

（志浓夫乃舍歌集；集成·P369）

477. **身近裸，汉子群聚，苦劳作。**

挥汗敲矿，锤汗同落。

词书为：“看人群集聚将矿石打碎而咏。”

在越前国（福井县）堀名银矿咏作八首之第二首。原文并未说到“汗”，揣而加之。

描绘矿工艰辛的劳动。这样的题材，是全新的，打开了短歌一个新天地。

赤裸(まはだか)の男子(おのこ)むれ居(い)て鉱(あらがね)の磨(まろ)がり砕く鎚(つち)うち揮(ふり)て

（志浓夫乃舍歌集；集成·P369）

478. **陶陶乐，偶尔烹鱼，儿女多。**

“好吃好吃”，赞声满桌。

这是“独乐吟”五十二首中之一首。

曙览有子女三人。夫妇二人与子女共吃煮鱼，是其贫穷生活中少有的乐趣。

类似这样苦中作乐的歌甚多，如：“纳凉乐，月光花架，晚犹晒。小儿裤子，小女腰带。”

楽(たの)しみはまれに魚(うお)烹(に)て児(こ)ら皆(みんな)がうましうましと言(い)ひて食(く)ふ時(とき)

（志浓夫乃舍歌集；集成・P3）

安藤野雁 （安藤野雁　あんどうぬかり）

安藤野雁，文化十二年至庆应三年（1815—1867），生于岩代，出身于半田银山的官役家庭。到江户，学于确忠宝之学塾。著有《万叶集新考》，家集为《野雁集》。

479. **我把脸，贴在墙洞，悄窥看。**

老鼠朋友，相对怀想。

词书为：“时时触事有感，形之于歌。”

此歌与其他共 37 首,为野雁滞留在骏河富士川的“相公旅店”，从春到秋的一个长时段中所作。诙谐调侃地表达了枯寂中的洒脱心态。

我が顔を壁の穴より窺ひつ鼠の友と思ふなるべし

（野雁集；集成・P370）

幽真（幽真　いうしん）

幽真，文化八年至明治九年（1811—1876），纪州人，真言宗僧人。学习加纳诸平的和歌、菅茶山的诗。有家集《空谷传声集》。

480. **总时时，停琴倚窗，远眺望。**

花虽未见，霞光依然。

题为“待花”。

幽真为天如山僧人。结庵于纪川水滨，藤崎山上。赏爱四季风光，作诗、咏歌、弹琴以送日。本首所写，颇有似于陶潜的“倚南窗以寄傲”的气度。

ともすれば琴(こと)ひきさしてうち霞(かす)む窓(まど)の外山(とやま)の眺(なが)められつつ

（空谷传声集；集成・P370）

梶女（梶女　かじじょ）

梶女，生卒年未详。生于京都，祇园茶店的女主人。歌作事虽无特定的指导教师，但很早就歌作优异，冷泉为村曾作和歌以褒扬之。多以友禅之画意为歌作，歌集有《梶之叶》出版。

481.　**远离世，住于山家，听鸟鸣。**

杜鹃之啼，流啭入心。

题画“山家杜鹃”。

多以当时游行的友禅的画意入歌，此为卷头之作。

世(よ)に遠(とお)くすめばこそあれ忍(しの)び音(ね)もわれにや許(ゆる)す山(やま)ほととぎす

（梶之叶；集成・P371）

482. **忆往昔，二人共眺，今影单。**

泪袖感叹，月映闺房。

词书为：“月下咏昔日之心恋。”

其作中恋歌不少。访其茶店之客，或往往求赠恋歌之作。

もろともにみし世(よ)もあるを袖(そで)のうへにあはれと引(ひ)くる閨(ねや)の月影(つきかげ)

（梶之叶；集成・P371）

荷田苍生子（荷田苍生子　かだたみこ）

荷田苍生子，享保七年至天明六年（1722—1786），生于京都。荷田春满的侄女，后为其养女。自幼学习和歌，歌学优异，跟随春满、在满学习。家集为《杉之垂条》。

483.　**秋虽到，阳光射处，土干裂。**

唯有萩花，秋声切切。

题为“残暑”。

已入秋而秋阳似火，晒土干裂。萩花上略闻沙沙声，也是盼秋凉之意。

秋(あき)なれや土(つち)さくるまで照(て)る日(ひ)にもさすがに萩(はぎ)の声(こえ)はありけり

（杉之垂条；集成・P372）

484.　声混蒙，山寺晚钟，埋雪中。

暮色如笼，空山寒冬。

题为“薄暮雪”。

写雪中暮色，山寺冬景。钟声似埋于雪中而静远。这一意象安排是比较新颖的。

静(しず)けさは入相(いりあい)の鐘(かね)も埋(うづ)もれて雪(ゆき)に暮(く)れ行(ゆ)く冬(ふゆ)の山寺(やまてら)

（杉之垂条；集成·P372）

鹈殿余野子（鹈殿余野子　うどのよのこ）

鹈殿余野子，生年未详，卒于天明八年（1788），活了六十余岁。生于江户，仕于纪州家之大奥，堂哥鹈殿本庄、贺茂真渊、荷田苍生子皆歌人。为县门三才女之一。家集为《佐保川》《凉月遗草》。

485.　**夏日长，因爱衰减，容无光。**

人或以为，暑热所伤。

题为“夏恋”。

因恋情忧思而衰弱失色，他人却误以为是天气炎热之故。

長(なが)き日(ひ)の恋(こい)に姿(すがた)も乱(みだ)れるをあつけさゆえと人(ひと)は見(み)るらし

（佐保川；集成・P373）

486. **天上云，与君混成，秋雨降。**

仰望空雨，追思断肠。

这是明和六年（1769）十月末贺茂真渊病故，于追悼会咏作。

前有长歌，此为反歌之一。真渊既是其堂兄，又是其和歌导师。

歌作以对人的追忆与天象融浑，表达沉痛的内心。

あま雲(くも)の中(なか)にや君(きみ)はまじりにし時雨(しぐれ)る空(そら)を見(み)れば悲(かな)しも

（佐保川；集成・P373）

高畠式部（高畠式部　たかばたしきぶ）

高畠式部，天明五年至明治十四年（1785—1881），生于伊势。石井道元之女，嫁与矢边平八郎，夫亡故后，再嫁给高畠清音。学歌入于香川景树门下，景树卒后，随千种有功学习。家集为《麦舍集》。

487.　**逃世人，久久萦心，多烦闷。**

蚊声如雷，暮色沉沉。

题为“闲居说蚊”。

其歌多是此类题咏，如“闲庭鲜菜”“闲庭阵雨”。也常用“逃避”一词，以见厌世避居的心情。

她57岁时，丈夫高畠清音去世，她独居京都的庵室，愁送日月。

逃（のが）れこし身（み）の古（いにしえ）のいぶせさをやる蚊（か）の声（こえ）に
聞（き）く夕（ゆう）べかな

（麦舍集；集成·P374）

488. **小小雀，无忧振羽，虽多趣。**

可惜竹雪，抖落遍地。

题为“竹上雪”。

造诣语句似过平易，但寄心于竹与雪，意甚高洁，实是平中见奇。

思(おも)ひぐまなくも 雀(すずめ)のはぶくかなおもしろと見(み)し竹(たけ)の白雪(しらゆき)

（麦舍集；集成·P374）

野村望东尼（野村望东尼　のむらぼうとうに）

野村望东尼，文化三年至庆应三年（1806—1867），生于筑前。黑田藩士浦野重右卫门之女，为同为藩士的野村贞贯的后妻。二人同学歌于大隈言道。夫死之后出家。与高杉晋作等勤王志士交结。家集为《向陵集》。

489.　**却为何，嗥声尖细，旷野中。**

月色愁惨，野狐秋风。

词书为：“八月十八日夜，对月之时，狐鸣不断，遍于四野，其声充耳。”

当是嘉永六年（1853），望东 48 岁，隐栖于平尾山庄时作。

她虽有勤王之心志，但此首也并不是悲壮，而是悲凄之作。

何故に鳴くかしらねど月影の悲しき頃の秋の野狐

（向陵集；集成・P374）

490. **河石上，清洗芜菁，海鸥飞。**

菜偶漂走，群鸥争追。

题为“洗菜”。

安政三年（1856），51 岁时作。在凡俗的生活中寻找素材，以平易的言辞咏出。芜菁，亦称蔓菁，味如萝卜，甚至可为主食。

着眼飞鸥追逐芜菁菜， 不仅写实，更体现人鸥相亲的情趣。是新的视角，也很有独特的生活情调。

河(かわ)の瀬(せ)に洗(あら)う蕪(かぶら)の流(なが)れ菜(な)を追(お)い争(あらそ)いて行(ゆ)く鴎(かもめ)かな

（向陵集；集成・P374）

491. **他总是，伤身动气，好骂人。**

斯人虽逝，眷恋却深。

词书为：“贞贯君周年忌日，与人说到他在世时的往事而咏作。”

贞贯，作者的夫君，为黑田藩士野村新三郎，作者 24 岁时嫁给他。他是已带着前妻生的三个孩子的鳏夫。

两人同入大隈言道门下学习和歌，住居也让给了其长子贞则，而隐栖于平尾山庄。

贞贯于安政六年（1859）病卒。周年之时，东望咏叹往日旧事，而念念不忘。

ともすれば君(きみ)が御(み)けしき損(そこ)なひて叱(しか)られし世(よ)ぞ今(いま)は恋(こい)しき

（向陵集；集成・P374）

大田垣莲月（太田垣莲月　おおたがきれんげつ）

大田垣莲月，宽政三年至明治八年（1791—1875），伊贺上野藤堂家的城代家老的女儿，大田垣家的养女。嫁于其家的养子，而此夫先卒，再婚之后出家。号莲月，学和歌于上田秋成，与小泽芦庵相好。家集为《渔人割藻》。

492.　**墨袖染，香梅可表，心之想。**

值此夜分，俱宿此庵。

题为“夜梅”。

莲月幼而失母，33岁而夫卒，且有数子皆先于其父而亡故。屡遭悲运，出家为尼悲伤度日。

寄心于梅，梅之上飘溢的是她自己的感情。“墨袖染”，说的是出家人的服色。原文“心之妆”（心げさう），是《源氏物语》中所见的一个古语，这里表达梅、我同一的情态。

墨染めの袖にも梅の香りきて 心げさうのすすむ夜はかな

（渔人割藻；集成・P375）

493. **冈崎乡，孤寂醒时，远音传。**

北白河上，山杜鹃唱。

题为“乡里时鸟”。

天保三年（1832），大田垣光去世，莲月多居于冈崎。生活艰辛，甚至靠烧陶器，刻写己歌于其上，卖以度日。

岡崎の里の寝覚めに聞ゆなり北白河の山ほととぎす

（渔人割藻；集成・P375）

494. **船生凉，置身船上，浦风缓。**

坚田波上，月影摇晃。

题为“湖边纳凉”。

坚田，在琵琶湖畔。乘船纳凉，月影摇荡的闲适，也算是悲辛生活的一个喘息。

涼(すず)み船(ぶね)よするかただの浦風(うらかぜ)に月(つき)も揺(ゆ)られる波(なみ)の上(うえ)かな

（渔人割藻；集成・P375）

油烟斋贞柳 （油烟斋贞柳　ゆえんさいていりゅう）

油烟斋贞柳，承应三年至享保十八年（1654—1734），本名永田良因，通称善八。生于大阪的糕点、鲷鱼店，父亲贞因为贞门之俳人，也能作狂歌。弟弟是有名的作者纪海音。贞柳习俳谐于其父，又习狂歌于丰藏坊信海，得无心狂歌之体，自成一派。朝廷赐其号“油烟斋”。晚年被尊为狂歌中兴之祖。著有《狂歌家珍》《油烟斋置土产》《狂歌几上尘》。

495.　**明月升，澄澈云空。墨云飞，**

何等油烟，采耀云中。

词书为：“南都松井和泉的油烟制墨所曾制大墨，风闻乃是进呈御用。”

松井氏诗、书俱佳，是奈良古梅园墨店店主，曾向宫中进呈方形、圆形两种大墨，据说各重达 12 千克。

就所传闻，贞柳即兴咏歌一首。此歌引发佳评热议，宫中传敕，改其“由缘斋”之号为“油烟斋”。

歌中的“云上”，指宫中；“油烟”，指进奉入宫的墨。

月(つき)ならで雲(くも)の上(うえ)まで墨(すみ)のぼるこれはいかなる油煙(ゆえん)なるらむ

（狂歌家珍；集成・P377）

496. **夕暮时，三条町内，立门边。**

秋风正吹，那可人妹。

题为：“游郭。”

歌见于《犬百人一首》，又见江户初期，天明三年（1783）刊行的《万载狂歌集》。

城郭之游，即京都之游。其岛原，也称为三条町。写寻找游乐艳遇。

夕(ゆう)されば門立(かどた)ちをいさ三筋町内(みっすじまちうち)の妹(いも)には秋風(あきかぜ)ぞ吹(ふ)く

（犬百人一首）

497. **又被甩，一人独寝，夜不归。**

岛原之门，已是久违。

遭到冷遇而一人独卧，宿于岛原之门，天亮还早。

有自我调侃的意味，但以洒脱的态度追求享乐，正是狂歌的情感特点。

振(ふ)られつつひとり寝(ね)る夜(よ)の明(あ)くる間(ま)はいかに久(ひさ)しき島原(しまばら)の門(かど)

（犬百人一首）

四方赤良（四方赤良　よものあから）

四方赤良，宽延二年至文政五年（1749—1823），姓大田，名覃，南亩、蜀山人。号寝惚先生等。生于御徒组家，幼时学汉学、武艺。十七岁时继承父亲之职，为官吏很成功。既是狂歌师，又是洒落本、黄表纸的作者。汉学通达，于文艺、俗曲、歌舞、风俗都有关注和研究。狂歌集为《千紫万红》《珍赏百首夷歌》。

498. **暮色降，晚钟响后，吉原欢。**

张灯见世，花容烂漫。

题为“吉原花”。

吉原为游女屋聚集之井市，其待客之所叫“张灯见世”（見せをはる）。

其通道上所植樱花，开谢凋落后即拔除，另植以待来年。

晚钟响过后，两侧店铺灯火齐明，樱花美女竞妍。

吉原(よしはら)の夜(よ)見(み)せをはるの夕(ゆう)ぐれは入相(いりあい)の鐘(かね)に花(はな)や咲(さ)くらむ

（万载狂歌集；集成·P379）

499. **大道上，礼者颤巍，显醉态。**

横溢无羁，江户春来。

词书为："咏岁首。"

礼者，是正月巡游的人，高帽、高跷，颤巍可笑。喝酒之后，更显醉态。

表现江户新春之况，看到喝醉酒的礼者，知春意渐浓。

生酔(なまよい)の礼者(れいしゃ)を見(み)れば大道(おおみち)を横筋(よこすじ)かひに春(はる)は来(き)にけり

（狂歌才藏集；集成·P379）

500. **春宵短，一刻千金，其价昂。**

曙色一露，六万花光。

歌意出自宋代苏轼的《春宵》：“春宵一刻值千金，花有清香月有阴。歌管楼台声细细，秋千院落夜沉沉。”

当然，原诗的本意是惜时，也暗讽沉醉歌舞享乐并非惜时。

本首歌突出时光的昂贵，夸张地把“一刻千金”加以换算，说一个春夜价值六万两。是以诙谐的口吻，表达时光可贵。

一刻(いつこく)を千金(せんきん)づつにしめあげて六万両(ろくまんりょう)の春(はる)の曙(あけぼの)

（蜀山百首・春；高木市之助・日本文学史・P279）

后记

本书于2019年8月着手进行，至2020年2月完成初稿。

本书再次请得段炳昌教授撰写序言。

本书的出版得到了云南大学文学院的支持和帮助。

本书的出版，又特对云南人民出版社的支持，对海惠、刘焰等编辑部同人的出色工作表示感谢！

本书编译过程中，云南大学图书馆相关图书的较充实整备，王曦锋馆员等提供本馆以及馆际图书资料查询借阅服务，使我甚得方便！

本书和歌编选，涉及跨度近七百年的中世、近世两个时期，多部“敕撰和歌集”，众多的歌人歌作。选取时，关注了《新古今和歌集》《中世和歌集》《近世和歌集》《日本名歌集成》《通释名歌辞典》等的选择，对各书的注说，主要取之于各“敕撰和歌集”所在卷的底注，以及笔者的认知、理解和赏析。

如何将和歌更好地译为中文，除了对日语原文的正确、良好的理解外，更重要的是，相近于原作艺术语言格调和表现形式的精切得体的中文表达。我自己一直在努力提高中！

日本和歌 5、7、5、7、7 的句式，有“上句”（5、7、5 句）和“下句”（7、7 句）之分说，日语在书写和排印时，做一行完成（或有随机折行）。

本书的 3、4、3、4、4 句式中文译歌，作上三句、下二句两行排印，以避免文中折行，也合于“上句”“下句”之分说。

受能力和水平之限，本书定会有若干疏漏、不足和错误之处，敬请诸位专家、读者不吝赐教！

本书完稿后，填词一首：

龙山会·译《日本中近世和歌 500 首》毕，想：纵贯七纪，新古今调，复返皈万叶

祇园钟寂灭，世事无常，暗淡平安月。管弦

声销歇。有歌起，妖艳幽玄融结。恰似梦樱花，虽零落，晶莹如雪。三夕歌，秋风暮色，鹬鸣草野。

小岛已作星罗，海上白波，气度亦雄杰。歌风怀万叶。由来久，古学汉和宝玦，又唱谱新曲。朴茂处，自得真切。更生出，狂歌谐趣，町人心乐。

其词牌“龙山会”上、下阕的各末五句，用的也就是“前言”所言及的译和歌，用“词”的句式——3、4、3、4、4。

“言”与“意”，再俱陈于此！

姜文清

2021 年 3 月改定于云南大学